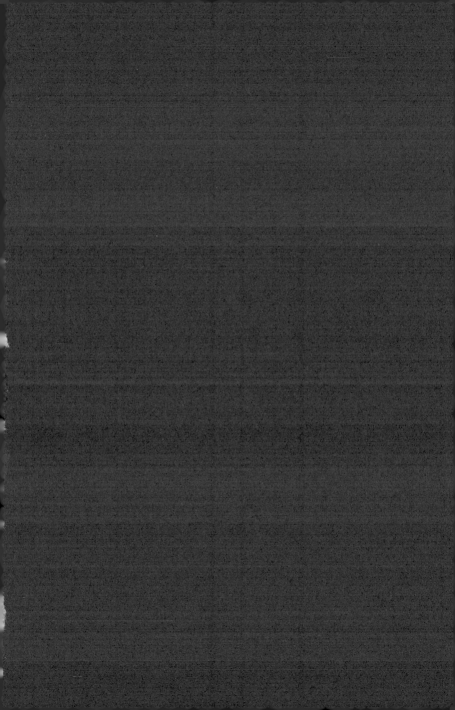

NHK短歌

新版

作歌のヒント

NHK出版

NHK短歌

新版

作歌のヒント

はじめに

本書は、「ＮＨＫ歌壇」（後に「ＮＨＫ短歌」）における、足かけ四年にわたった連載に手を加えたものです。

従来の入門書は、和歌や短歌の歴史に始まり、理念や作歌態度を含めた、短歌の系統だった説明と解説からなっているものが多いように感じています。

本書をお読みいただければわかることと思いますが、私がこだわったのは、あくまで作歌という〈現場〉の実感でした。

私などもすでに四十年以上、短歌という詩型と関わってきましたが、かつての自らの作歌の現場を振り返って、あるいは他の初心者の方々の作品に接して、そこにほんのちょっとしたヒントがあれば、作歌はぐんと上達するだろうにと思ったことが少なくありません。

歌は、作り始めることは誰にもできる手軽な詩型ですが、いい仲間に恵まれないと、一人だけで作っていくのがなかなかむずかしい詩型でもあります。長く歌をやってきた先輩たちのちょっとした示唆やヒントが、それまで気づかずに陥っていたスランプからぐいと引き上げてくれるという力にもなるものです。

本書は、初めて歌を作ろうとしている方にもわかっていただけるように書いたつもりです。しかし、ここで書いているのは、決して作歌の手軽な処方箋ではありません。ハウツーものを書こうとしたのではなく、あくまでヒントのつもりです。ちょっとしたことで足踏みをしている方の背中をそっと押してみたい、そんなつもりで書いています。

しかし一方では、理念や目的といった高尚な議論からではなく、実際に歌を作るときに出くわす、多くは手法や技法にこだわることによって、そこから見えてくる短歌の本質もあるのではないかという期待もありました。そんな問題を一緒に考えてみたい、そんなことも念頭に置きながら書いてきました。ですから、ここに書いたことを本当に実感としてわかっていただけるのは、逆説的ですが、何年か自分で実際に歌を作ってこられた方々だろうとも思うのです。もしも歌を始められた初期にお読みになる方がおられたら、どうか数年自分で作ったあとで、もう一度読み直していただきたいと思うのです。きっと、初めには気づかなかった部分になるほどと納得していただけるところがあるだろうと思います。

そして何より大切なことは、入門書や本書のようなヒントは、それを読んでいるだけでは何も始まらないということです。まずは自分で歌を作ってください。そしてそれを継続してください。私自身は短歌という詩型に出会ったことによって、自分の人生は二倍おもしろくなったと思っていますが、自分を表現できるということは、何にも増して素晴らしいことに違いありません。そんな作歌の継続のために、本書が少しでも役に立てばこんなにうれしいことはありません。

平成十九年十一月

永田和宏

新版によせて

二〇〇三年から二年間、当時のＮＨＫ教育テレビで「ＮＨＫ歌壇」を担当しました。放送期間中、テキストに連載し、放送終了後さらに二年間連載を続けたものが、「作歌のヒント」と題した文章です。四年の連載ののち、『ＮＨＫ短歌　作歌のヒント』として日本放送出版協会（現：ＮＨＫ出版）より出版されることになりましたが、幸い、多くの読者を得たようで、このたび、新版を出すようにとのお誘いをいただきました。そこで、旧版に、新たに書き下ろしを加えることにより、『ＮＨＫ短歌　新版　作歌のヒント』として出版することになりました。

旧版の本文中にもじゃっかん手を入れましたが、最後の第七章、八章が主として新しく書き加えた部分です。

今回、校正のため、旧版を最初から読みなおしたのですが、読みつつ、ちょっと涙ぐましい思いにとらわれました。自分で言っていれば世話はないのですが、よく書けていると思ったのです。すでに十年以上前の文章ですし、忘れている部分が多かったのですが、いま読みかえすと、ほんとうに力を入れて、全力投球で書いているという気がします。個々の具体例を示しながら、初心者にわかるようにと心を砕きつつ、しかし、書こうとしていることはなかなか高度なところをめざして書いていていると思ったのです。いま書こうとしても、ちょっと書けないのではないかと、情けないことながら正直そんな感じを持ちました。

本書は、分類としては作歌の手引きといった範疇《はんちゅう》に入るのかもしれませんが、書き手としては、手引書の体裁を取りながら、「短詩型表現論」をめざしていたのだと、改めて思ったのです。短詩型における表現とはいったいどういうものなのか。

本書は決してハウツーものを書こうとしたのではない。旧版の「はじめに」でも書いたことですが、初心者だけでなく、何年か実作をやってきて、歌を作ることの楽しさとむずかしさの両方に直面したことのある読者にこそ、本書をもう一度読んでほしいと思うのです。

とくに最後の二章には、旧版を書いて以降、私が新しく考えてきた二つのポイントについて書きました。一つは、「歌を本棚から解放してやろう」とこの頃あちこちで言っているところと重なります。歌を文学性のみの価値基準のなかに閉じこめておくのではなく、もっと日常のなかで詠まれ、読まれするような歌のあり方があるのではないか。第二は、ほんとうに自分の言いたいことは、言ってしまっては却って伝わらないものなのだという逆説についてです。特にこの点は、短詩型における表現の本質であろうと思っています。

このような体裁の本を出版するのは、たぶん最後になるような気がしますが、歌会の席で、個々の歌の具体例に即しながら、私があれこれ話すのを聞いているようなつもりで、リラックスしながらお読みいただければうれしく思います。

平成二十七年一月

永田和宏

目次

本書は、NHKテレビテキスト「NHK歌壇」（平成15年4月号～平成17年3月号）、「NHK短歌」（平成17年4月号～平成19年3月号）の掲載記事を元に編まれた『NHK短歌　作歌のヒント』（永田和宏・日本放送出版協会）を底本に、新たに加筆、修正を加えた。

装幀　児崎雅淑（芦澤泰偉事務所）
イラスト　南トトコ
写真提供　新潮社／永田和宏
校正　神谷陽子／梅内美華子
ＤＴＰ　天龍社

第一章 作歌の基本

ものの見方

ヒント１

歌の素材——どうでもいいことの大切さ

歌は感動を歌うものですから、できるだけ自分に深い感動を与えてくれた場面や情景を詠みたいとは誰《だれ》もが思うことです。当然のことでしょう。どうでもいいようなことなら、わざわざ歌にしなくてもいい。

しかし、深い感動を呼ぶような、重大な出来事だけを詠むのが歌でしょうか。投稿歌を読んでいていつも残念に思うのは、あまりにも歌らしい場面を作者が探しすぎているという点です。歌はこういうものだとあらかじめ決めてかかって、そんな〈短歌的な〉場面ばかりを探している、あるいは、そんないかにも情の深い、浪花節《なにわぶし》的な場面を作りすぎていると、感じることがあまりにも多い。

もっと日常のなんでもない事物、なんでもない風景をおもしろがってみてはどうだろうか、と思うわけです。人が気がつかないようなさりげないモノをおもしろがってみる。

——詩の表現は大切なものだけを言うのだが、言っても言わなくてもいいようなことを言うのも詩の表現である。

佐藤佐太郎《さとうさたろう》『作歌の足跡』

まじめな歌人の代表であるかのような佐太郎の言葉として、私には印象の深い言葉です。「言っても言わなくてもいいようなことを言う」という佐太郎の言葉は、大切であるかどうかは、素材としての事物にあるのではなくて、表現された内容として、読者にそれが大切に感じられるかどうかがポイントだと、読みかえてみたい気がします。

連結《れんけつ》をはなれし貨車《くわしや》がやすやすと走りつつ行く線路の上を

佐藤佐太郎『歩道』

佐太郎の有名な一首です。切り離された貨車が、惰性でゆっくり走っていく。どこか夕刻の雰囲気が感じられる歌ですが、そのしずかに走っていく貨車を焦点とした夕景の寂しさがしんと感じられる。

しかしよく考えてみると、結句はずいぶん余分な気がしませんか。「線路の上を」などとわざわざ言っていますが、そんなことは言わなくても当たり前ではないか。線路以外のところを走ったら脱線してしまう！　説明しづらいところですが、しかしこの歌が結句「線路の上を」によって時間を感じさせ、しみじみとした寂寥《せきりょう》感をもたらしていることは確かなことです。「言っても言わなくてもいいようなことを言うのも詩の表現である」を見事に表した一首と言えるのではないでしょうか。

そして、この歌でもう一つ注意したいことは、「言っても言わなくてもいいようなこと」をまじめに言うことは、どこかでおかしさを誘うということでもあります。先に寂寥感と言いましたが、それでもフッと笑ってしまうような微妙なおかしさはないでしょうか。
そんな当たり前のことを、ことさらまじめに表現することによって出てくるおかしさに、きわめて意識的に取り組んでいる歌人に奥村晃作《おくむらこうさく》がいます。

ラッシュアワー終りし駅のホームにて黄なる丸薬踏まれずにある　　奥村晃作『三齢幼虫《さんれいようちゅう》』

ラッシュアワーがようやく終わって静かさを取り戻したホームに、作者はふと黄色い小さな丸薬《がんやく》が落ちているのを見つけた。あの凄《すさ》まじい雑踏の、その何万もの足によくも踏まれることなく残っていたものだと、作者はいたくまじめに感心しているのです。そこはかとなくおかしく、そして少し悲しい大都会の生理といったものをかすかに感じさせてくれる、おもしろい歌です。佐太郎の歌も、この歌も、読み終わったあとにかすかなおかしさを揺曳《ようえい》していると言えるでしょう。

らーめんに矩形《くけい》の海苔が一つ載りて関東平野冬に入りたり　　高野公彦《たかのきみひこ》『天泣《てんきふ》』

格調の高い歌を作ることでよく知られる高野公彦にこの一首を見つけたとき、私はとてもうれしかった。らーめんの上の「矩形の海苔《のり》」、そんな普通なら詩にはならないようなものが歌われたということも驚きでしたが、その小さな矩形から、「関東平野冬に入りたり」という途方もない大きな景へと連想が及ぶという、詩人の感性のそのメカニズムがとてもおもしろいと思ったのでした。
逆説的に誇張して言えば、歌は人が気がつかないような「どうでもいい」ことに気づくかどうか、これがとても大切だと思うのです。

歌は感動を歌うものであるということは、歌の大切な真理でありますが、そんな大事なことだけを歌うのが、必ずしも歌ではない。「どうでもいいこと」が、人の生死や、命をかけた恋を歌うような劇的な場面と同じように、あるいはそれ以上に、強いインパクトをもたらす場合もあるということは、もう一度ふりかえっておいていいことかもしれません。そのような、一見どうでもいいようなことに意識的にこだわっている歌人に小池光《こいけひかる》がいます。

午後二時となりしばかりに鹿の湯のえんとつよりはや煙はのぼる　　小池 光『日々の思い出』

ホームには大燻《おほいぶ》りせる灰皿のひとつがありてその風の下《しも》　　同

銭湯の煙突から煙が立ち上るのが見えた、一首目はただそれだけのことを言っているにすぎません。ここから作者の内面とか、感動とか、象徴的意味だとかを探ろうという読みをすれば、この一首はたちどころに「死に体」となってしまいます。道を歩いていたら、ふと銭湯の煙突から煙が立ち上るのが見えた。「鹿《しか》の湯」と言っているからには、馴染《なじ》みの銭湯であったのかもしれませんが、こんなに早くから湯を沸かしはじめるのかと、まあせいぜいこのくらいの「内面」と受けとっておいたほうが、歌は自由にのびのびしているように思われます。

二首目も公害問題だとか、スモーカーのマナーの悪さだとかなんとか言わずに、ホームに「大燻りせる灰皿」があった、〈ただそれだけのこと〉として味わいたい歌です。そんな光景に出会った、そのことだけで一首を受けとめたいものです。

——思い出に値するようなことは、なにもおこらなかった。なんの事件もなかった。というより、なにもおこらない、おこさないというところから作歌したともいえる。

小池　光『日々の思い出』あとがき

「なにもおこらない」、しかも「(なにも)おこさない」ところから作歌したという、この部分が大切なところ。自分の作歌態度を振りかえってみれば、なにもないところに素材を求めたり、感動を見いだしたりするなどということがいかにむずかしいか、ということは容易に理解できます。

何か重大なことがあって作歌をする、たとえば身近な人が亡くなって、その悲しみを歌う。それはコトの大きさが(もちろん作歌の力を必要とすることは言うまでもありませんが)歌を引き寄せてくれます。しかし、日常そんな大変な出来事がしょっちゅうあるわけではない。それでも歌を作りたいと思うから、感動を探しに行く。劇的な場面を想像し、そして創造する。そんな作歌の誘惑に、断然ノンを突きつけたのが小池光だったのです。

いつよりかあかりともらざる冷蔵庫に指はさぐりぬ干いちじくを

花山多佳子《はなやまたかこ》『春疾風《はるはやち》』

流しの下の扉あければゆつくりとずり落ちてくる夜の鍋

同

冷蔵庫の電球が切れてしまった。ほとんど歌の素材にならないような「ばかばかしい」ことに違いありません。しかも、そんな暗い中に手を入れて、なにやら探っていたら触れたものが「干いちじく」であった。なんとも盛りあがりに乏しい歌です。次の歌も同じ。確かに身におぼえのある光景で、よくわかります。よくわかることはわかるのだけれど、さてなにがこの歌のモチーフなのだと言われると、答えるのがちょっとむずかしい。まして滑り落ちてきたものが鍋だったというのは、これまでの歌の作り方、つまりいかに大事なことを歌にするかという態度からは、一八〇度切れた歌の作りと言わざるをえません。

マンションの屋上にして金網のなかなる下着がおりおり光る　大島史洋《おおしましよう》『幽明《ゆうめい》』

ポリ袋を両手にさげて来し人はごみ箱の錠をあけて収めぬ　同

いかにも貧しげに光る下着。それが屋上の金網の中に干されているという着眼がこの歌のポイントですが、それにしても冴《さ》えない光景です。しかし、私はこの歌に惹《ひ》かれます。こんななんでもないところに着眼できる歌人の目に、とても親しみを感じるのです。景は、景自体が美しいものである必要は毛頭ありません。誰もが日常目にしていながら、誰もが歌うことすら気づかなかったような素材こそが、歌のなかに座を占めた時、却って大きなインパクトを持つものです。

二首目も同じ。「ごみ箱の錠をあけて収めぬ」が唯一のリアリティーですが、これだけでいいのかという声も聞こえてきそうです。

ここに例としてあげた三人の歌人が、いずれも私と同年配の人たちであるのも、偶然とは思えません。私たち、近代から前衛短歌の流れをつぶさに見てきたものにとっては、いかにもそれらしいものに対する感動が、どうしても嘘《うそ》くさく感じられてしまうということは、世代的なものなのかもしれないと思えてきます。

——「日々の思い出」で意識していたのは、たぶん、この「日付の写る写真」である。（中略）高級一眼レフで撮った芸術写真でない。この間〈芸術写真〉のはったりくさい感じがだんだんいやみにおもわれて来た。

小池　光『日々の思い出』あとがき

小池が言う、芸術写真ではなく、普通のカメラで撮ったような事物・光景。人が気づきもしないような、そんななんでもない、どうでもよいモノに、もっともっと注意深い目をそそいでみたいものです。

ヒント2

発見の条件——常識を捨てよ

俳句は認識の詩型であるとよく言われます。感情を交えず、動詞や助詞で言葉を続けるというよりは、切れ字の効果を最大限生かして、ものごとの鋭い切り口を示す。たしかに認識の詩型と言われるにふさわしい詩のありようであると思われます。

それでは短歌はどうでしょうか。短歌は抒情《じょじょう》の形式と一般的には呼ばれています。私の感情をしみじみと、あるいは高らかに抒《の》べる。助詞、助動詞の微妙な翳《かげ》りや、動詞の力によって、日常の縁に生起する感情の繊細な切り口を、私の感情として抒べる、そこに歌の大きな意味があるでしょう。

しかし、私自身は、歌はまた俳句に劣らず、発見の詩型でもあると思っています。歌を読んで感動するのは、かならずしも作者の感情に同情するからではありません。ああ、私もたしかに同じような気持ちになったことがあったと、自分にひきつけてあらためて感動するということもあるでしょうが、より強いインパクトは、ああ、こんな感じ方もあったのかと、ものの新しい見方、感じ方に驚くという場合ではないでしょうか。

茂吉像は眼鏡も青銅《ブロンズ》こめかみに溶接されて日溜まりのなか

吉川宏志《よしかわひろし》『青蟬《あおせみ》』

この歌を読んだとき、やられたナアと素直に感動しました。そしてうれしかった。この、参ったなあと思えるところが、歌集を読むひとつの醍醐味《だいごみ》でもあるのですね。

実はこの歌を読む前に、私自身、斎藤茂吉《さいとうもきち》記念館（山形県）に行っていたのです。そして、木陰に立つ青銅の茂吉像を見ていたのです。静かでゆったりとした茂吉記念館の正面玄関前に、小さな茂吉の胸像はありました。茂吉が「青銅」の眼鏡をかけていたことは見ていたのですが、その眼鏡が「こめかみに溶接されて」いたことにはまったく気づかなかった。なぜなら、眼鏡はかけるもの、耳にかけるものと思いこんでいたから、その眼鏡の弦《つる》が耳にかかっていたかどうかなど、考えもしなかったというのが本当のところでした。それが、私よりはるかに若い吉川宏志君のこの一首に出会ったとき、あっと意表をつかれた理由でした。

秋深し菊人形の若武者の横笛いずれも唇に届かぬ

岩切久美子《いわきりくみこ》『そらみみ』

この一首は、常識でものを見るということがどういうことであるかを見事に示していると言えましょう。菊人形はよく歌われる素材ですが、「菊人形の若武者の横笛」を見たら、誰《だれ》だって若武者は笛を吹いていると見るでしょうね。たとえ横笛がはるかに唇から離れていたにしても。笛を吹いているという〈型〉として見てしまえば、吹いているとしか見えない。しかし、虚心坦懐に観察してみれば、その笛は唇からあんなに離れている！

「型として見る」ことを最大限活用して、単純な動作でさまざまの複雑な動きや感情を表現しようとするものに、歌舞伎や能などの古典芸能がありますが、日常、私たちも知らず知らずのうちに、周りのものたちをほとんど〈型〉として見ていることはないでしょうか。そのかぎりにおいては、なんの痛痒《つうよう》も感じないし、不思議とも思わないでしょう。しかし、歌を作る第一歩は、そのような〈型〉としてものを見ないこと、あるいは常識でものを見ないことにあることは言うまでもありません。

――詩の基本は発見です。短歌はもちろん、発見が大切な勝負どころなのです。その、大切な発見の第一歩は、まず常識を疑ってみるところからはじまるようです。常識を捨てて、発見せよ。

佐佐木《ささき》幸綱《ゆきつな》『佐佐木幸綱　短歌に親しむ』（ＮＨＫ出版）

佐佐木さんの、この簡潔なフレーズの最後「常識を捨てて、発見せよ」は、作歌の基本中の基本であると思います。

そして、つけ加えるならば、発見は、目にした対象の発見ではないのです。そのように常識を離れてものを見ることのできる「自分の発見」「私の再発見」なのです。これが作歌における発見のもっとも大切なところだと私は思っています。こんなふうに見ることのできる私がいる、こんなふうに感じることのできる私がある。そのような、これまで気づくことのできなかった新しい〈私〉に出会える。表現を志すものにとって、これほどの喜びがあるでしょうか。

黒き月を三日月抱けり起伏なき日々かさね人はこころ病みゆく　高野公彦『淡青《たんじやう》』

三日月がかかっている。これを私たちは三日月という言葉で呼び、あっ、三日月だ、と思った瞬間から、明るい三日月の形だけを見てしまいます。しかし、見方を逆にしてみれば、三日月はそのふところにたしかに「黒き月」を抱いているように見える。ものを見るとき、私たちはどうしても光のあたっている側だけに目が行きがちですが、この一首は、そんなものの見方の常識をちょっと外してみるだけで、普段はまったく気がつくことのない三日月の内側の黒い月の存在に気づくことができることを教えてくれます。

「常識を捨てて」とはこういうことなのです。

そして、こんな一首に出会うと、どこで三日月を見ても、すぐに高野公彦の歌を思い出し、ああたしかに黒い月があるなあと思えるではありませんか。それはすごく大きな得ではないけれど、ほかの人よりちょっと得をした気分にはなりませんか。

ヒント3 小さな具体の大切さ

選歌などをしていると、ときおり、忘れられない歌に出会うことがあります。たいていは、無名の投稿者の歌ですが、無名であろうと無かろうと、私が覚えてしまったというかぎりにおいて、それは、私にとっては、いわゆる著名な歌人の歌に比べても、なんら遜色《そんしょく》のない名歌であることに違いはありません。

それらはたいていの場合、ごくごく小さな、どこにでもあるありふれた事件や、そしてほんのとるに足りないような小さな具体を歌っているのですが、それが小さければ小さいほど、どこか忘れがたい味を伴っていることが多いものです。むしろ、大きな光景や、感動的な場面を忠実に歌おうとするより、できるだけ小さな発見に固執することのほうが、初心者にはいい歌が作れることもあるようです。

逝きし夫《つま》のバッグのなかに残りいし二つ穴あくテレフォンカード　玉利順子「南日本新聞歌壇」

鹿児島を中心とするこの新聞選歌欄を受け持って、まる二十年を超えましたが、この間、この選歌欄のなかで、私にはすぐに思い出せる歌が何首かあります。玉利さんの一首もそのひとつ。

長く病院で闘病をしていた夫が亡くなりました。その遺品の中に、テレフォンカードが残っていた。そこに穴が二つ空《あ》いていたというだけの歌なのです。しかし、なんと悲しい歌かと思わざるをえません。

病院に入院している夫と作者とは、なんどもそのテレフォンカードで話をしたのでしょう。病院の待合室の公衆電話を使って、夫の側からかけてきた電話だったのでしょう。その残されたカードに穴が二つ空いている。その二つの穴で話したさまざまのこと、あと三つか四つ残っているはずの穴で話したかったこと、話すはずだったこと。そのようなさまざまの思いが、二つの穴に凝集しているようです。二つという具体がすばらしい効果を持っています。

亡き夫の財布に残る札五枚ときおり借りてまた返しおく　野久尾清子「南日本新聞歌壇」

同じ亡くなった夫を想う歌。しかし、ここにはじめじめした響きはまったくありません。夫の財布に残っていた五枚の紙幣。ちょっと借りるね、などと声をかけて、ときどきは自分の好きなものなどを買いにいくのでしょう。もちろん金が入れば、夫の財布に返しておく。亡くなった夫のものだから、もらってしまってもなんら不都合は無いのですが、返すことで作者はいつまでも夫とつながっていたい、会話をしていたいと願うのでしょう。もらってしまっては、もうそれっきり、夫は死者としてしか現れてこない。でも、きちんきちんと返して、その度に、今度はこれを買ったのよとかなんとか夫と話をする。そんな明るい会話があるかぎりは、作者はいつまでも夫を感じていられるのではないでしょうか。じめじめはしていませんが、なんと悲しい歌だろうかと思わざるをえません。

事件あればアップで映る鋭利なる検察庁の庁の字の撥ね　鮫島逸男「南日本新聞歌壇」

いくつもの汚職が世情をにぎわした十年ほど前、この一首に出会いました。テレビでは汚職があるたびに、決まって「検察庁」と書かれた石の門碑を映します。見慣れた光景ではありましたが、この結句には参ったと思いました。なるほど、あの「庁」の字の撥《は》ねはいかにも特徴的でした。勢いよく撥ねているところが皮肉にも映りました。何度も目にしているくせに、この歌に出会うまでは、その撥ねの鋭さに気づかなかった。この一首、汚職などに対する作者の感想をいっさい言っていないところが手柄でしょう。そんな感想を言わないで、「庁の字の撥ね」だけに注目したところで、いかなる感想にも増して、作者の思いの複雑さは出ていると言うべきでしょう。

身を伸ばしようやく触るる互いの手日朝会談のテーブルの距離　山口龍子「南日本新聞歌壇」

これもテレビなどでなんどもお目にかかった光景です。にこやかに互いに手を伸べあって握手をする。それぞれが相手を見ずに、カメラを向いているのも面白いですが、ここではその距離が、ようやく触れられるくらいの距離であるという発見が際立っています。とことん親密になろうとするのではなく、つかずはなれず、適度な距離を保っているところが、両国の現在を端的に映すと作者は見たのでしょう。身を乗り出して、精いっぱいの作り笑いをしている代表たちの様子が目に見えてきそうな気がします。

これら四首に共通するのは、作者の感情、いわゆる形容詞で表現できるような感情語をいっさい使わず、その思いや感動、感情をほんのささいな小さな具体で代弁させようとしているところにあります。歌では、こんな小さな具体が、百行を費やしても表現しきれないだけの感情を、なにより雄弁に語ってくれるものなのです。美しいや悲しいという単純な思いではなく、そんな形容詞では表現しきれない複雑な心の陰翳を表現するのが短歌なのです。これを作歌の基本と考えてほしいものです。

これらは地元はいざ知らず、一般的にはほとんど無名の作者の作品であるということができるでしょう。しかし、それにしてもこれほどに印象の強い作品が生まれる。一読覚えてしまうような名歌が生まれる。そこに私は言うに言われない、歌の力というものを感じざるをえません。己れの時間を削りながらも長く選歌という仕事を続けているのは、まだ見ぬそのような名歌にひょっとしたら出会えるかもしれないという期待以外のものではありません。また一方で、このような歌の力を信じるからこそ、たとえまぐれでもいい、ひょっとしたら可能かもしれない幻の名歌を求めて、歌を作り続けられるのかもしれません。

ヒント4 形容詞で説明しない

短歌は叙情詩であると言われます。情とは、感情、心情などの情であり、『万葉集』ではこれに「こころ」という訓《よ》みを与えていました。「こころ」を叙する、それも決まった形式をもって述べる、これが短歌であります。

短歌と言えば、いまでもすぐに、「悲しい」「寂しい」の世界だと見られがちです。ところが、実際の選歌や歌会などの場にあっては、「悲しい」とか「寂しい」とかの語があると、ほとんどの場合、採ってもらえない。まるで、それらが禁句でもあるかのように、先輩歌人などから酷評されることが多いものです。これはなぜだろうか。「こころ」を述べると言いながら、その「こころ」をもっとも端的にあらわす「悲しい」という言葉は、なぜ短歌で禁句になっているのか。

降りしきる木の葉うけとめかたはらに妻なきことのひたすらかなし

散りしく木の葉を受け止めながら、傍らに妻のいない欠落感がどう埋めようもない悲しさとして実感されるというのです。結句に「ひたすらかなし」があることが、この歌の惜しいところであることは、すぐに理解されるところでしょう。あなたが読者であるとしたら、やはりもう一歩、「どんなふうに悲しいのか」と求めてしまわないでしょうか。

このことを、近代の歌人島木《しまき》赤彦《あかひこ》は次のように述べています。

——悲しいと言えば甲にも乙にも通じます。しかし、決して甲の特殊な悲しみをも、乙の特殊な悲しみをも現しません。歌に写生の必要なのは、ここから生じてきます。つまり、感情活動の直接表現を目ざすからであります。

島木赤彦『歌道小見《かどうしょうけん》』

「悲しい」と言っただけでは、悲しかったことはわかるが、作者がどのように悲しかったのか、その「特殊な悲しみ」はわからないと言っているのです。赤彦は写生の必要性を説く文脈のなかで、この言葉を用いているのですが、その主張から離れてみても、私たちの作歌の上で、もっとも大切な言葉の一つではないかと私は思っています。

形容詞はもののありさまを形容するだけでなく、自分の感情をも形容してくれる便利な言葉ではありますが、それはいわば感情の最大公約数であるところにむずかしさがあります。誰《だれ》にもその感情はわかる代わりに、誰にも作者のその場の「生《なま》の」感情はわからない。それが形容詞のむずかしいところなのです。

明け方かいま夕ぐれかと人いえり命終ちかく山鳩の鳴く

岡部桂一郎《おかべけいいちろう》『戸塚閑吟集《とつかかんぎんしゅう》』

おそらく友人でしょうが、死に近い人を見舞った時の歌として忘れがたい一首です。かすかな声で「今は明け方か、夕ぐれか」と問うたのでしょう。その時、はるか遠くで山鳩《やまばと》が鳴いた。歌はそれだけしか言っていませんが、この一首が抱え込んでいる静かさ、そして時間の淵《ふち》の深さとでもいった思いは、言うに言われぬものがあります。

死に近き母が目《め》に寄《よ》りをだまきの花咲きたりといひにけるかな

斎藤茂吉『赤光《しゃっこう》』

茂吉の初期代表作「死にたまふ母」の中の一首です。死に近い母に顔を寄せて、庭に咲く苧環《おだまき》の花が咲いたと告げる茂吉の思いは「悲しい」などという言葉の枠には到底収まらないものであったことは言うまでもありません。おそらく茂吉の言葉をも理解し得ない母であったでしょうが、それでもなお外の光の明るさを、そして苧環の薄紫の花を告げずにはいられなかった茂吉の思いが直接に伝わってきます。

ところが、一方で茂吉は、近代歌人の中でも「かなし」という形容詞の使用頻度のきわめて多い歌人でした。

母が目をしまし離《か》れ来て目守《まも》りたりあな悲しもよ蚕《かふこ》のねむり

同

同じく「死にたまふ母」の一首ですが、同じ一連の中でも母の亡くなったあとを歌った「其の四」の歌群では、二首に一首は「悲し」「寂し」があって驚かされます。いくら茂吉だからといっても、これらすべてが成功作とは言えませんが、こう見てくると、必ずしも「悲しい」を使ったからといって、それだけで駄目だと言うのは、おかしいことに気づかれるでしょう。この一首では、結句「蚕のねむり」が具体的であるだけに「あな悲しもよ」が浮き上がらずに収まっている。

かなしみは明るさゆゑにきたりけり一本の樹の翳らひにけり　前《まえ》登志夫《としお》『子午線《しごせん》の繭《まゆ》』

真っ向から「かなしみ」を出しながら、すでに現代短歌の中でも古典的な位置を占める一首です。何が悲しいというのではなく、眼前の世界そのものが、明るさの中に悲しみを内蔵しているといったところでしょうか。

「悲しい」と安易に言ってしまっては、歌という「私」の悲しみを直接あらわせる詩型がもったいないということを言いました。「悲しい」という形容詞だけでは、個々の生《なま》の感情には届かないからです。

しかし、近代、現代を問わず、「悲しい」と表現して成功している歌ももちろん多いのです。近代から現代への移行にあたって、「悲しい」という感情は近代の〈負の遺産〉であると決めつけられた時期がありました。しかし、そう言ってしまっては、現代短歌が痩《や》せていくだけだという反省もあります。要は、「悲しい」という言葉をどれだけ自覚して使えるか、そこにかかっているように思います。

短歌を始めた当時、歌会などに出てまずわからなかった言葉が「説明的」という批評用語でした。「この歌は、説明的ですね」とか「説明にすぎませんね」とか、みんな当然のごとく使っているのですが、さて説明的とはいったいどういうことなのか、さっぱりわからなかった。

短歌には、特有の批評用語がありますが、他の分野にはあまり用いられないで、短歌や俳句などの短詩型文学でだけ通用するいくつかの批評用語があるようです。「説明的」はその最右翼かもしれません。歌会でももっともよく用いられるものの一つでしょう。

踏切りのブザーと竿で遮断される人と車の苛立つひととき

投稿歌の一首です。上句は普通に情景を描写してよくわかる歌ですが、問題は下句でしょうね。踏切りに遮断されて、車も人も苛立《いらだ》っている。それはそのとおりなのでしょうが、単に「苛立つひととき」と言われても、人や車がどんなふうに苛立っているのかはいっこうに伝わってこない。この「どんなふうに」という描写を欠いて、「人も車も苛立っている」という作者の伝えたい内容を〈説明している〉のが、この歌の弱点です。

踏切りのブザーと竿で遮断さるる人も車も足踏みをする

まさか車が足踏みをすることはないでしょうが、たとえばこんな思い切った具体的な動作を持ってくることによって、作者が「説明」したいと思った思いを、その〈具体〉（この場合は動作）によっていきいきと伝えることができます。これはあまりうまくない添削ですが、私の言いたいことはおわかりいただけるのではないでしょうか。

「説明的」を噛《か》み砕いて説明することはなかなかむずかしいことです。先に一例を考えたように、「説明的」と評される歌では、作者の伝えたいと思った（「苛立っている」という）メッセージを、そのまま「苛立つひととき」という言葉によって説明しようとしているのです。思いの中身を言葉に置き換えようとするのではなく、伝えたいと思ったコトを、動作や、情景や、会話やオノマトペや、そしてある場合には比喩《ひゆ》などによって、〈具体〉に置き換えて伝えようとする、これが短詩型における表現というものなのです。

比喩的に言えば「説明」を〈噛み砕いてしまう〉のです。噛み砕いて、粉々になった断片がすなわち目の前にある〈具体〉なのであり、その具体を探すのが作歌なのだと言ってもいいでしょう。

我がジャケツのポケットに手を差し入れて物言はぬ子の寄添ひ歩む　　高安国世《たかやすくによ》『眞實《しんじつ》』

寒い冬の日、どこかからの帰りなのでしょうか。歩きつつごく自然に、子供が父親のポケットに手をさし入れ、父親はその手のぬくもりを感じつつ、互いにもの言うこともなく歩いている。暖かみがあるけれども、どこか寂しく悲哀を感じさせる、そんな父と子の情景として、この一首は十分鑑賞に耐えるいい歌だと思います。

しかし、この一首が発表されて、何年か経ってから、実はこの子は耳が不自由であったことを作者が明らかにしました。耳が聞こえず、したがって話すこともできない。まだ幼い子供のそんな障害を知った親の驚きと悲しみは想像を越えるものでしょうが、この一首は、そんな背景を知って読むと、はるかに悲しみの深い一首として味わうことができます。言葉で思いを伝えあうことができない親と子。まだ幼い子供の将来に大きな危惧《きぐ》をいだきつつ、ポケットに手を触れあって家路を辿《たど》っている。悲しみだけではなく、その子への愛《いとお》しみも強く感じられますが、秀歌といえる一首ではないでしょうか。

ここでは作者は背景を説明しないことを意識的に選んでいます。子供をめぐる事情、その子に対する自分の気持ち、そんな説明したい背景はさまざまにあったでしょうが、個人的にはそれは言いたくない。隠しておきたかったのです。作品としてみれば、そんな背景がなくても十分に鑑賞に堪える。しかし、背景を知れば、さらに感じられる思いが深くなる、そんな一首になっています。


背負ひたる子はジャンボリー歌ひつつ我とひとつの影を落せり　島田修二《しまだしゅうじ》『花火の星』

平成十六（二〇〇四）年に亡くなった島田修二さんの第一歌集の一首です。子が背中で歌い、その子と自分の影が地上に長く伸びている。ある意味では親子がまだ一体だと感じられる短い時間の幸せを歌った一首ともとれそうですが、この一首の前後には、足を病む子供の歌が並んでおり、その背景の中での一首なのです。背負うのは、歩けないからでしょう。

高安の歌が、事情を他人に知られたくないという思いからあえて伏せていたとすれば、島田の一首は、背景となる事情を、他の歌に任せて、すべてを一首のなかで説明しようとはしない戦略ともいうことができるでしょう。

ここでも大切なことは、歩けない子を持つ悲しみや不安などを、言葉として「説明」しないで歌っているところです。背負われてはしゃいでいる子と、自分の影が一つになって長く伸びているという情景の中に、作者の内面の複雑な思いが見事に投影されています。この思いの複雑さ、深さは、言葉でどう説明しようとしても及ばないものなのでしょう。そこにこそ、歌を作る喜びはあるのです。

言葉で説明すればわかるようなことは、歌にする必要はないのです。これが作歌の基本中の基本であることを忘れないでいて欲しいと思っています。

ヒント5 「写生」とは選択である——捨てることで際立つ像

近代短歌の中心にあり、それを牽引《けんいん》してきたのは「アララギ」という集団に拠《よ》る歌人たちでした。そこに集まった歌人たちは、正岡子規《まさおかしき》以来、伊藤左千夫《いとうさちお》、古泉千樫《こいずみちかし》、長塚節《ながつかたかし》、中村憲吉《なかむらけんきち》、斎藤茂吉、そして土屋文明《つちやぶんめい》と、その名は、およそ歌を作ろうというほどの者であれば、誰もが知っているはずのビッグネームであると言ってもいいでしょう。あるいは文明以後の世代を見ても、柴生《しぼう》田《た》稔《みのる》、佐藤佐太郎、吉田《よしだ》正俊《まさとし》、五味保義《ごみやすよし》らから近藤芳美《こんどうよしみ》、高安国世まで、およそこれだけの歌人を擁した結社は近代において例を見ないと言っても間違いありません。

その「アララギ」が、平成九（一九九七）年に突如、明治四十一（一九〇八）年の創刊以来九十年にもわたる歴史を閉じることになったことは歌壇に大きな驚きをもって迎えられたのでした。

よく知られていたように「アララギ」のもっとも大きな指導理念は「写生」という言葉に集約されます。それは一結社「アララギ」の理念ではありますが、近代短歌を考えるうえで、エコール（学派・流派）を問わず、無視することのできない大切な問題を含んでいる概念、方法でありました。この章では、「写生」ということについて考えてみたいと思います。

写生というとまっさきに引き合いに出されるのが、斎藤茂吉による写生の定義でしょう。

――実相に観入して自然・自己一元の生を写す。これが短歌上の写生である。

斎藤茂吉『短歌写生の説』

茂吉のこの言葉は、写生の定義としてあまりにも有名なフレーズであります。

しかし、この言葉がほんとうに理解できている歌人は、果たしてどれほどいるだろうかと考えると、はなはだ心許《もと》ない気がします。とてもむずかしい。私にもほんとうにわかっているかどうかと問われると、イエスというにはかなりの躊躇《ちゅうちょ》があります。

もともと写生という言葉は、子規によって短歌に導入されました。子規にあっては写生は、むしろ絵画から借りてきた言葉であって、さほどむずかしく考えていた形跡はありません。しかし、これが茂吉になると、単なるスケッチと考えてもらっては困ると言い、自分の作歌活動そのものが写生であるという形のもの言いに変わってきます。「写生といふことに心を据ゑれば、作歌活動の全部が写生の実行だと謂つていいのである」などと言うのです。

茂吉が、写生という言葉を、単なる技術のレベルの〈方法〉として片づけられたくないという気持ちはよくわかりますが、しかし、ここまで写生という概念を抽象的に大きくとってしまうと、結局は何も言っていないことに等しくなってしまいます。例えば、

赤茄子《あかなす》の腐れてゐたるところより幾程《いくほど》もなき歩みなりけり　斎藤茂吉『赤光』

という歌でさえ、茂吉にかかると「さういふのをも私は矢張り写生と云つて居る」となってしまいます。

あまりにも普遍化すると、あまりにも包括的に捉《とら》えてしまうと、結局は何も言っていないに等しくなる。大茂吉に異を唱えるのは心苦しいところですが、私は、茂吉とは違ったアプローチで写生

を考えたいと思うのです。

写生という概念がもともとは絵画から出てきた言葉であることは、先に述べました。茂吉が写生という概念をもっと広く普遍化して使いたかった気持ちはわかりますが、ここではあくまで写生を方法として捉えてみたいと思うのです。「方法としての写生」という捉え方こそが、「作歌の現場」において重要な意味を持つのだと私は確信しています。


のど赤き玄鳥《つばくらめ》ふたつ屋梁《はり》にゐて足乳根《たらちね》の母は死にたまふなり

斎藤茂吉『赤光』

なりゆき上、まず茂吉の代表歌から話を始めましょう。言うまでもなく連作「死にたまふ母」の一首です。今まさに母は死のうとしている。枕元に控えている茂吉がふと見上げると、梁《はり》につばくらめが二羽。いかにも母の臨終を見守っているかのような思いがあったのでしょう。この一首から釈迦《しゃか》の涅槃図《ねはんず》を思い浮かべた鑑賞もなされてきました。

この一首では梁のつばくらめ、それも二羽というのが印象的ですが、さらにその咽喉《のど》が赤かったという色彩の提示がなによりも大きな効果を発揮しています。暗い梁の上の、つばくらめの咽喉の小さな赤という色彩的対比が、その臨終の場に、悲痛な緊迫感を演出しているのを知ることができます。

この歌は写生の歌と言うことができます。その時、写生によって、何を写したのか。母の臨終、その床、暗い梁、二羽のつばくらめ、その咽喉の赤さ。いくつもの要素が浮かび上がってきます。

しかし、その場にはここに歌われたものの他に、もっとはるかに多くのものがあったはずです。枕の色、部屋の大きさ、温度、採光の具合、布団の色や模様、母の苦しみ、顔色、そんな数え切れない素材がその場にはあったはずなのです。

それらの中から、茂吉がこれだけのものだけを選んできた、その選びこそが大切なのではないでしょうか。梁と、二羽のつばくらめと、そしてその咽喉の赤さと。茂吉が選んだのはわずかにこれだけだったのです。その他にその場にあったであろうさまざまの物はいっさい無視をした。歌の中から排除してしまった。このことが大切だと私は思います。

――『写生』ということはつきつめれば物を正確に直接に見るということである。他人の借物でなしに自分の眼で現実を見るということである。この態度は作歌の根本であるが、私においては生活を統べる態度でもある。

佐藤佐太郎『短歌作者への助言』

写生というと、すぐさまいかによく対象を観察するか、よく見るかという点が強調されますが、いくらよく見たって、いくらよく観察して言葉に置き換えたって、歌はわずか三十一文字しかありません。対象を詳しく観察しようとすればするほど、三十一文字という定型は窮屈になってきます。

そうではなく、私は写生という理念の根本は、何を歌わないかという、その苦しい選択にかかっていると思います。

瓶にさす藤の花ぶさみぢかければたゝみのうへにとゞかざりけり　正岡子規『竹の里歌』

この一首も写生歌の代表とも言われる歌です。いかにも子規が丹念に写生をしたと考えられます。情景が目に見えるようです。子規の目の確かさという観点から議論されてきました。しかしここでは、子規の物を見る目が画家のようにしっかりしていたというのではなく、彼は、その場の情景から消し去るべきものをしっかり把握していたのだと私は考えています。敢《あ》えて言えば、選択力の確かさを持っていたと思うのです。

瓶と藤の花とたたみ、素材としてはこれだけです。そして状態を表す言葉として「みぢかければ」と「とゞかざりけり」のふたつ。子規は、目の前にあった多くの情報の中から、わずかにこれだけの「もの」と「こと」を選び出したのです。

藤の色や、曲がり具合、枝の太さ、花房の数など、数え上げればいくらでも出てきそうな藤の花にまつわる属性のなかで、短いということ、そしてそのもっとも端的な表現としての、たたみに届かないという切り口だけを〈選択〉したのです。この決断にこそ、一首の輝きがあるのです。

逆に言えば、数限りなくあったはずの属性、切り口、見え方のなかで、「たゝみのうへにとゞかざりけり」という切り口以外のすべての可能性を切り捨てたということなのです。

私は、表現としての写生を次のように考えています。すなわち、写生とは、対象のもつさまざまの属性の中の、ある一点だけを抽出し、あとはすべてを表現の外に追い出してしまう、そういう暴力的な選択だと思うのです。本来は作者の目に見えていたはずの、さまざまのものを捨てる意志。初めから見えていなかったのなら、それは作者の目の未熟ということでしょうが、見えていても、敢えてそれらには目をつぶって、たったひとつの事象、あるいは現象、事物、場面にだけ言葉を与えてやるという、その暴力性こそが、歌における写生という方法を支えている根拠なのではないかと、私は思っています。

捨てた部分は、それでは永久に日の目を見ないのでしょうか。歌を作ったことのある人間、読みの訓練をされた人間なら、その敢えて表現されなかった光景は、表現されたわずかな事実の向こうにしっかりと像を結ぶことは、言われなくともよくわかっていることでしょう。言わなかったことは、読者の映像喚起力にゆだねる、このゆだねるという作業、あるいは意識こそが、歌を介して、作者と読者がただ一回きりの火花の散るような緊迫した関係を結べる契機になっています。

鶏頭の十四五本もありぬべし　正岡子規

単純かつ難解な句です。この単純きわまりない一句がなぜみんなに膾炙《かいしゃ》されるのか。

この句は写生句の白眉《はくび》とさえ称揚されますが、「ぬべし」からは、それが現実に目の前にあるとは考えにくい。かつてそこにあって、今は無いもの、それがこの句に詠まれた鶏頭です。子規はかつて見た鶏頭を今想い起こし、そのイメージの中から「十四五本」という数だけを抽出しました。

数そのもの、数の多さに意味があるのではないでしょう。しかし、色や形や場所や、その他いくらでもありそうな選択の幅のなかから、子規がかつて目にしたはずの、鶏頭の数に注目したそのことにこの一句の立ち姿があります。この句が読者の目に見えるような像を結ぶとしたら、その数による景の広がりの中においてであると言ってもいいでしょう。ここに写生句としてのこの句の意味があるように思います。

子規自身、次のように言っていることからも、写生とは選択であるという私の言葉は少しは裏付けられるのではないでしょうか。

——写生といひ写実といふは実際有《あり》のまゝに写すに相違なけれども固《もと》より多少の取捨選択を要す。取捨選択とは面白い處《ところ》を取りて、つまらぬ處を捨つる事にして、必ずしも大を取りて小を捨て、長を取りて短を捨つる事にあらず。

正岡子規「叙事文」

ヒント6 単純化の大切さ——念を入れない、駄目を押さない

どの入門書にもかならずと言っていいほど書かれている言葉があります。ここで話題にしようと

している単純化ということがそれにあたります。

——単純化の行はれた歌は一読して曲が無さ過ぎるやうにもおもふがよく味ふと却つて複雑な気持ちの出てくるものが多い。

斎藤茂吉『短歌初学門』

茂吉の『短歌初学門』は生前には単行本とはならず、斎藤茂吉全集が刊行されるに際して、弟子によってまとめられた一冊ですが、「単純化」については、茂吉は他の本、たとえば『童馬漫語』のなかでも繰り返し述べており、作歌のなかで重要な要諦《ようてい》と考えていたことが見てとれます。

単純化の大切さは、すでに近代短歌以前にも作歌における大切なポイントとして述べられていたようで、茂吉は同じ文章のなかで、

「短歌と単純化の問題はもつと根源に行くべきであり、賀茂真淵《かものまぶち》が『その心多なりといふも、直くひたぶるなるものは詞多からず』といつてゐるのは短歌単純化の根源を喝破して何とも云へぬ味ひがある」と言っています。いかにも茂吉らしい絶賛の仕方で、単純化を説くだれの言葉も、真淵のこの簡明さには及ばないと口角泡を飛ばすように言い募《つの》っているのもまことに茂吉らしくておもしろい。

茂吉の弟子の佐藤佐太郎は、入門書を多く書いている歌人ですが、佐太郎も単純化については多くの言葉を書き残しています。

――短歌は単純に行くべきものでありますが、まるで内味がないといふのではそれは本当の単純ではない。単純でしかも大切な実際・具体性といふものはやはり掴んで居なければなりません。その実質・実態といふものは然しごたごたした煩わしいものでなく、単純でしかも重みのある、純粋度の高い黄金のやうなものでなければなりません。

佐藤佐太郎『短歌入門ノオト』

佐太郎は歌論をわかりやすく明快に説くことのうまい歌人であり、語録とも言うべきものを多く残していますが、ここで単純化について述べられていることはかなり高度な内容であり、これが初心者にそのまま伝わるかというと、やや心許ない気もします。禅問答のようで、たいへん難しそうに聞こえます。単純でなければならないが、内容が無いというのではだめで、「単純でしかも重みのある、純粋度の高い黄金のやうなもの」とまで言われると、これは作るのがほとんど不可能と思われてくる。

そこでもう少し具体に即して、単純化ということを考えてみることにしましょう。

山の夜気廊に流れ来て友だちと騒ぎゐし児らも今は寝ねたり

これは木俣修《きまたおさむ》の『短歌実作指導教室』に収められた「添削教室」という章から引いたものです。そのなかでも「内容を単純化すること」と題した一連のなかに、引用されています。おそらく投稿歌なのでしょう。校長が夏休みを子供らと一緒に過ごしたときの歌であるらしい。一応はこれででてきていると思われますが、木俣修も指摘しているように、ちょっと内容が多すぎてごたごたした印象はぬぐいきれません。木俣は「友だちと」が余分だと言っています。「騒ぎゐし」だけで友だち同士で騒いでいたことは十分わかるというわけです。木俣はこの一首を「山の夜気廊に流れ来て騒ぎゐし児童らも今は眠りに入りぬ」と添削しています。

もちろん添削は絶対ではありません。単なる一例と考えたほうがよく、この場合もまださまざまの添削例が考えられます。右の添削でも、なお「流れ来て」がちょっとうるさく、私なら「山の夜気廊に流るる騒ぎゐし児童らも今は眠りに入りぬ」と上句を連体形で一応止めてしまうか、「流れて」と定型に収めておきたい気がします。

しかし、木俣の言いたかったところはよく理解できます。「友だちと」という情景は、確かに作者が見たものであり、言っておきたかったことはわかるのですが、「山の夜気」があり、「騒ぎゐし」情景があり、そして「寝ねたり」という現在の状態をつぎつぎと描写されると、どうにもうるさいと思わざるを得ません。要は、見たもののなかで、どれが省略できないか、言ってもいいけれど、言わなくても読者が補って読んでくれるものはどれかということを、推敲《すいこう》の過程で考えてみることが大切だということでしょう。

冬の日の淡くさし入る鐘楼に青くさびたる鐘重く垂る

今度は、土屋文明の『新短歌入門』から引いてみました。新聞歌壇の評を集めたなかにこの一首があります。土屋文明はこの一首における表現のくどさを、「淡く」「青く」「重く」の三つの副詞に起因すると言っています。投稿歌の選をしていると、よく目にする欠点です。「作者は、忠実に、丁寧にあらわすつもりであったことは、十分理解できるのであるが、結果としてはうるさくなり、一首の感銘をこわすことになった」という文明の評は誰もが納得できるところでしょう。ところが、それが傍目八目《おかめはちもく》で、実際に自分が作ってみると、得てしてこんな風になってしまうことが多いものです。

私がよく言う言葉に、歌では「念を入れない、駄目を押さない」というのがあります。どちらも一種の読者サービスであり、裏を返せば読者不信。ここまで言わなければ読者はわかってくれないのではないかという疑心暗鬼によるものです。駄目はもともと囲碁では入れても入れなくても変わらない目のこと。この駄目を押したがために、せっかくの作者の意図が押しつけがましくなって失敗している例が圧倒的に多いのです。

――言葉を選び、単純化を心がけること。どれだけ多く言うかではなく、どれだけ省略できるか、省けない重点は何かを見定めよ。

土屋文明『新短歌入門』

文明は単純化についてこんな風に言っています。

まことに明快な指摘ですが、こういう欠点に陥りやすい原因を私なりのことばで説明すると、作者が読者に「わかってもらいたい」という気持ちが強すぎることに原因があるのだと思います。つまり読者を信頼できなくて、自分がそのときの情景を十分に、あるいは十二分に説明しておかなければ読者はわかってくれないに違いないという思い込みがあるから、こういうくどい説明になるのではないでしょうか。

このような読者への不信、あるいは信頼感の欠如は、往々にして結句における言い過ぎ、結句で感想を言ってしまうという傾向としてあらわれます。これは何も投稿歌人だけに見られることではなくて、大歌人にだって往々にしてあることなのです。

岩間とぢしこほりも今朝は解けそめて苔の下水道もとむらむ　西行《さいぎょう》『新古今和歌集』

西行法師のこの一首に〈文句〉をつけているのは、『歌道小見』の著者、島木赤彦です。赤彦は、「第四句まで、作者の立場から事象に対していて、水の存在の有様を有りのままに平叙していると思うていたのが、急にここで変更されて、水の立場になって、水に意あって道を求むることになっております。これを感じの分裂と名づけます。」と言っています。「感じの分裂」とはなるほどおもしろい指摘だと思われます。たしかにこの結句は余分で、「道もとむらむ」は余計な感想、さらに余計な擬人法でもあります。もっと水の流れに徹して歌えばよかったのではないかと、もし西行が生きていれば問うてみたい気がしますね。わかってはいても、ついやってしまう駄目押しであることは、ちょっと歌を作ったことのある人間にはよくわかるところです。（この問題については第二章でも述べていますし、また新版を編むにあたって第八章でさらに詳しく論じています。）

それでは単純化の際だった名歌とはどんな歌でしょうか。それぞれに見つけて欲しい、探して欲しいと思いますが、ほんの一例をあげてみましょう。

ゆふされば大根《だいこん》の葉《は》にふる時雨《しぐれ》いたく寂《さび》しく降《ふ》りにけるかも

斎藤茂吉『あらたま』

私はこの一首に長いあいだ惹《ひ》かれているのですが、実のところなぜこの一首がそんなにいいのかうまく説明できないでいます。しかしはっきり言えることは、この一首ではまことに徹底した単純化がなされているということです。一首の言っていることは、夕方になって大根の葉に時雨が降っている、そのことだけです。それがどこであったか、どのような状況でその場に居あわせたのか、誰と見たのか、そんなもろもろの事象はすべて捨象されています。文字通り、情報量としてはかぎりなく零に近いと言うべきでしょう。しかし、その情報量が零に近いということが、この一首をして、「いたく寂しく」という感情を、そんな澄み透った感情だけを一挙に浮かび上がらせていると言えるのではないでしょうか。

先の斎藤茂吉の文章中で、茂吉自身があげている単純化の行き届いた歌の例とは次のような歌です。

秋はやく稲は刈られてみちのくの鳥海山に雪ふりにけり　島木赤彦
ぬばたまの夜にならむとするときに向ひのをかに雷ちかづきぬ　斎藤茂吉

赤彦の歌では、鳥海山に雪が降ったということのほかに、その前景として稲の刈られた田があるということだけが、いわば歌の内容であり、それ以外の意味、あるいは情報は零と言うべきです。茂吉の一首では、さらに単純化は徹底されており、夜になろうとするときに、向かいの丘に雷が鳴ったと、ただそれだけです。どちらもとてもしみじみとしたいい歌だと思いますし、歌を読む喜びというものはこのような単純な歌にあるのではないかとさえ思いますが、さて自分でここまで意味を排した、無内容とさえ思われる歌を作れるだろうかと考えると、ちょっと尻込みしてしまうというのも正直なところではあります。

茂吉の一首では、枕詞《まくらことば》「ぬばたまの」が使われていることにも注目しておいていいでしょう。枕詞はもともとは意味があったのでしょうが、すでに意味性は失って、韻律を整えるという観点から導入されることが多いようです。「ぬばたまの夜」と言わなくとも、「夜」だけでも意味としては変わることはないのですが、ここでは「ぬばたまの」が「夜」にかぶせられることによって、下句の「雷ちかづきぬ」にいっそう重みが増していることは容易に感じ取ることができるでしょう。

枕詞は考えてみれば、意味的にはなんらの寄与もしない代わりに、韻律を整え、さらに、歌が意味の呪縛《じゅばく》から解き放たれるためにも機能しているということができます。言い換えれば枕詞は、単純化を追求するひとつの手段でもあるのかもしれません。現代ではなかなか使うことのむずかしい手法ですが、枕詞の効用なども頭に入れておいて、思い切って使ってみてもおもしろいかもしれません。

ヒント7

嘘から出たまこと——事実しか歌ってはいけないのか?

「嘘」というものは、人事のなかでも最大の関心事のひとつであるらしく、当然のことながら、嘘に関する多くのことわざがあります。「嘘も方便」「嘘つきは泥棒の始まり」は誰でも知っているでしょうし、「嘘と坊主の頭はゆったことがない」なんておもしろい表現もあります。小さいときには「嘘をつくと閻魔《えんま》様に舌を抜かれるよ」と言われたものですが、今や閻魔様の絵を見たことのある子どものほうが少ないでしょうし、こんな脅しが通用するとはとても思えない。

「嘘から出たまこと」ということわざももちろんよく知られたもののひとつですが、現実世界だけでなく、こと文学の世界にあっては、こちらこそが本来の表現のありようなのかもしれません。意識的にあるいは無意識のうちに〈嘘〉は表現のなかに紛れ込んできます。これは責められることでしょうか。

以前には、虚と実、あるいは事実と虚構といった対立する概念として論じられてきましたが、ここではもう少しやさしく嘘という、ちょっとあやういことばを使って、例を見てみることにしましょう。

「虚構」ということばがもっとも熱く語られたのは前衛短歌の時代でした。たとえば、

秋風《しゅうふう》に壓《お》さるる鐵扉《てつぴ》ぢりぢりと晩年《ばんねん》の父がわれにちかづく　塚本邦雄《つかもとくにお》『魔王』

という一首がある。塚本邦雄は、前衛短歌の強力な推進者として、近代の短歌に根底から否《ノン》を突きつけた巨人でありましたが、その戦略のひとつは、短歌に虚構を持ち込むということでした。

三枝昻之《さいぐさたかゆき》編の『討論　現代短歌の修辞学』（ながらみ書房）は、実作に添いながら、三枝と作者が互いに意見を交換するというたいへん興味深い本ですが、そのなかで、この一首に関する三枝昻之のインタビューを受けて、塚本自身が次のように述べています。

「もう一つはね、鉄の扉が秋風で影響を受けるはずは全くないのですよね。そこなんです、むしろ。それともう一つはね、私、晩年の父なんて全然知りません。生まれて百日目で死んだのですから。全くの創作であるくせに、一方では恐ろしく事実めかしているところ。フィクションの限界なんてこんなものではないかと思います。しかも誰一人疑う人ないと思います。歌は一人称で歌っているのだからこれは実生活のうえでもこのとおりだったんだと。」

ここで塚本邦雄の言っているポイントは二つです。まず、父の不在の問題。年譜で調べてみれば

明らかですが、塚本邦雄の父は塚本の幼い頃《ころ》に亡くなっています。ところが、塚本はいかにも父が実在しているかのように歌っています。「晩年の父がわれにちかづく」というフレーズ、少し考えれば、実在の父であれば、「晩年の」という措辞がなんとなく不自然に感じられるところですが、少なくとも意味の上からは、実在の「晩年の父」が、ここにいる「われ」に近づくと、読まざるを得ない文の構造になっています。まずここに虚構＝表現上の嘘がありました。

父の虚構という大きな問題に隠れて、見落としてしまいがちですが、ここで塚本自身はっきりと言っているのは、もうひとつの嘘、すなわち「秋風に壓さるる鐵扉」という表現の問題です。「鉄の扉が秋風で影響を受けるはずは全くないのですよね」と言うように、なるほど重い鉄の扉が、台風の風ならまだしも、普通の秋風ではそれほど煽《あお》られることもないでしょう。いわば、表現上の工夫でありますが、現実にそうであったかと言えば、作者自身も白状しているように、ちょっとあり得ないことと言わねばならない。

事実としては嘘であったということを一応認めておいたうえで、それではこの一首は、まがいものとして退けられるべきでしょうか。私はもちろんそうは思いません。「晩年の父がわれにちかづく」という思い、それはまたわれの晩年が近づくという感じとも表裏一体のものでありましょう。そのようなおのれの老いの意識を重ねていることは見やすいところですが、そんな意識の象徴的な像として、秋風にさえも押されかねないような鉄扉を置いているのです。

そう見てくると、これは事実としてはないことかもしれないけれど、詩あるいは歌としてはじゅうぶんにリアリティをもった表現であることに同意されるのではないでしょうか。
表現は事実を写すものであっていいはずです。しかし、事実以外のものを表現しては駄目なのかと言えば、決してそうではない。
近松門左衛門《ちかまつもんざえもん》は、次のように言っています。

——芸といふものは実と虚との皮膜の間にあるもの也。〈略〉虚にして虚にあらず、実にして実にあらず、この間に慰みが有るもの也。

これは穂積以貫《ほづみいかん》による『難波土産《なにはみやげ》—発端』中に見られることばだそうですが、ここで言う「芸」はそのまま詩＝短歌と言い換えてもまったく差し障りはありません。
私は、それをさらに芸＝真実と言い換えてみたい欲求に逆らうことができません。「真実というものは、現実と虚構との皮膜の間にあるもの」というわけです。近松は芸としての達成を言っていますが、そもそも芸が虚だけでも実だけでも成立しないのと同様、詩歌における真実も、現実だけを写したのでも、虚構の世界だけに遊んだのでも、ともに到達のできないところであるに違いない。

白き霧ながるる夜の草の園に自転車はほそきつばさ濡れたり　　高野公彦『汽水《きすい》の光』

高野公彦の若い頃の一首。この一首について、高野自身の次のような発言が意表をついていておもしろいと思ったことでした。「牧水賞の歌人たち」（青磁社）というシリーズの第一巻「高野公彦」の中で、彼自身が自歌自註で述べていることばです。

「どこで見た風景なのか、全く覚えてゐない。たぶん幾つかの記憶を寄せ集めて詠んだ歌であらう。〈見た風景〉ではなく、〈見たい風景〉を詠んだ、といへるかもしれない。」

この一首、誰が読んでも、その「草の園」に自転車はあったと読むでしょう。そう読んで正解なのです。しかし、作者は、あえて「どこで見た風景なのか、全く覚えてゐない」と言い、さらに「幾つかの記憶」の寄せ集めであるとさえ言ってしまう。それじゃあ無責任じゃないかと怒る読者もあるかもしれませんが、その後の「〈見た風景〉ではなく、〈見たい風景〉を詠んだ」ということばはたいへんに含蓄のあることばだと言えましょう。そう、内容が事実であるか虚構＝嘘であるかと詮索《せんさく》する前に、それが〈見たい風景〉であるかどうかという点のほうが、もっと大切であるかもしれないのです。

二月《にぐわつ》ぞら黄いろき船が飛びたればしみじみとをんなに口触《くちふ》るかなや　斎藤茂吉『初版　赤光』

二月《にぐわつ》ぞらに黄いろの船の飛べるときしみじみとして女《をみな》をぞおもふ　斎藤茂吉『改選　赤光』

斎藤茂吉が、第一歌集『赤光』をのちに大々的に改作し、編集し直して『改選　赤光』として出版したことはよく知られています。もっとも有名な再編集は、初版が「悲報来」を巻頭に、ほぼ逆年順に並んでいたのを、「改選」では編年体にもどしたことであります。

しかし、改選はそれだけに留まりません。私はかつてかなり綿密に改作の跡を調べたことがあるのですが、削除歌七十五首を筆頭に、総歌数八百三十四首のうち、削除を含めてなんらかの手を加えられた作品は実に三百二十八首。四割ほどの歌に手を入れていることがわかりました。

初版と改選で意味の違ってしまうような改作をほどこされた一首として先の歌をあげてみました。「黄いろき船」は飛行船のことですが、下句が大きく違う。初版では飛行船の飛ぶ下で女に接吻をするということになりますが、改選では、「しみじみとして女をぞおもふ」と改められている。同じ『赤光』中に「狂院の煉瓦のうへに朝日子《あさひこ》のあかきを見つつくち触りにけり」という歌もあることから、私はだんぜん初版のほうを採りますが、茂吉自身は事実の衝撃性を弱めるほうに改作を行いました。

私が詳しく調べた際に気づいたことは、改作はおおむね特殊よりは一般化の方向に、そしてある種青春の過ちや恥ずかしさといった側面をできるだけ糊塗、あるいは隠ぺいする方向で改作がなされていました。これは茂吉の『赤光』という特殊な例にかぎらず、推敲《すいこう》の過程で歌を直していく時には多くの場合そういう方向へ改作は進みやすいものです。推敲は必要であると私は一般論としては思いますが、推敲すればするほど、歌が一般的に、平板になっていってつまらなくなるということは往々にして経験するところです。

茂吉の場合も、「しみじみとして女をぞおもふ」では「しみじみ」がほとんど生きてきませんが、やはり「しみじみとをんなに口触るかなや」の直截《せつ》性を買いたいと思います。事実としても先にあげた別の歌からもこちらが事実に近かったのだと思いますが、それ以上にたとえそのような事実がなかったにしても、歌としては「しみじみとをんなに口触るかなや」のほうが、茂吉の感情としてはより真実に近かったと思えてなりません。

山ふかき落葉のなかに夕《ゆふ》のみづ天《てん》より降《ふ》りてひかり居りけり
山ふかき落葉のなかに光り居《を》る寂《さび》しきみづをわれは見にけり

これもやはり『赤光』改作の例で、前者が初版、後者が改選版であります。読者の皆さんはどちらを評価されるでしょうか。改選版では水は水たまりとしてそこにあるのでしょう。いっぽう初版では、水たまりには違いないのですが、それは「天より降りて」きたものだ、それがいま水たまりとして地面に光っているのだと言っています。ちょっとした視点の違いですが、歌としては初版の動きを採りたいと、私は個人的には思っています。

茂吉の例はいずれも虚構とか表現上の嘘とかいった問題とは少しずれましたが、私がここで言いたかったことは、事実として少々嘘があっても、それが自分の表現したいところにぴったりであれば、必ずしも事実を最優先させる必要はない、むしろ嘘としての表現からはじめて見えてくる真実も、時としてあり得るのだということを認識することが大切だということでした。そこでは現実を視ることのほかに、想像力を呼び込み駆使するということが絶対的に必要になってきます。

ヒント8

画面の隅に――映像と機会詠

最近、ある新聞の選歌欄でこんな一首を採りました。

二死満塁タイムを取りし内野手の腰の高さをとんぼ浮遊す

鮫島逸男『南日本新聞歌壇』

二死満塁といえば、味方も敵ももっとも緊迫したシーンでしょう。あと一つアウトを取れば、攻撃を終わらせることができるし、あと一人でもランナーを出せば、相手に点を与えてしまうことになる。タイムを取って、内野手が投手のまわりに集まっている情景です。

その内野手の腰のあたりをとんぼがゆっくりと飛んで行った。飛んで行ったのではなくて、「浮遊」していたというところに作者の確かな目を感じます。さらに「腰の高さを」という一句の挿入が、この一首をいきいきと臨場感のあるものにしていることに心をとめてください。歌では、一首の意味と直接の関係のないフレーズこそが、その情景をありありと顕《た》たせてくれることが往々にしてあります。

カメラは内野手たちの緊張した様子にすり寄っていきますが、カメラが注目し、捉《とら》えたかったところと、作者の視線がちょっとずれたところに焦点を結び、それが結果的にこの一首をおもしろいものにしています。

この一例を持ち出したのは、今回は、機会詠というものを考えてみたかったからです。

短歌には機会詠という一群の作品があります。古典和歌にはなかった分類ですが、社会的な事件やさまざまな出来事に遭遇し、どう感じ、どう対応したかを、それら事件を素材として歌うものが〈機会詠〉と言えましょう。

目路にとぶ草の穂絮《ほわた》を手もて追ふ射撃のひまの身に疲れあり
山本友一《やまもとともいち》『北窓』

息絶えし胸の上にて水筒の水がごぼりと音あげにけり
山崎方代《やまざきほうだい》『山崎方代全歌集』

太平洋戦争終結から七十年になろうとしていますが、これら戦場のまっただ中で作られた歌は、今なお迫力をもって私たち、戦争をまったく知らない世代にも迫ってきます。

山本の一首は、満州（現・中国東北部）での戦闘の渦中の歌です。「目路にとぶ草の穂絮を手もて追ふ」という具体が、草野に腹這《はらば》って射撃を続けている兵士の視線としては異様にのどかに映ります。しかし、人間は緊張している時にこそ、ふとした何の意味もない些事《さじ》に目が止まるものではないでしょうか。生死の境にある時だからこそ、この「草の穂絮」が切なくも美しく命を輝かせているような気がします。

チモールでの戦闘に従軍していた山崎方代の一首では、「水筒の水がごぼりと」というリアリティが圧倒的に響きます。戦友の死、その胸に吊《つ》るしていた水筒の水が「ごぼり」と鳴った。これを戦友のメッセージなどと意味付けをして読んでしまっては実も蓋《ふた》もありませんが、哀惜きわまりない場において「ごぼり」と鳴った水筒の音だけは、生涯彼の耳から離れることはなかったのでしょう。

これら戦争に関わる歌では、作者は実際に戦闘の現場におり、歌われている内容は直接作者が体験したものであるのが特徴です。機会詠と言われるものは、従来、そのような作者が〈直接に〉遭遇した事件や社会事象を歌うというところに意味がありました。

何処までもデモにつきまとうポリスカーなかに無電に話す口見ゆ　清原日出夫《きよはらひでお》『流氷の季《とき》』

六〇年安保のとき、デモの隊列の中から歌われた歌としてよく知られた一首です。デモにしつこくつきまとう、〈権力〉の表象としてのポリスカーを歌ったものですが、その中の警官の口という細部に視線が届いたことによって、臨場感が生まれたと言えるでしょう。デモの目標とか、権力への指弾とか、観念から歌が出発していないところが、リアリティを獲得した大きな理由です。

きみが遺体の掘り起こされしそこのみが瓦礫の中にくぼみていたり　森本明子

一匹の猫を抱きて瓦礫より出できし女まづ空を見る　中野敏子

さらに時代は下って、これは一九九五年の阪神淡路大震災の時の歌です。いずれの歌も現場に居た作者ならではの迫力を持っています。それとともに注意深い目が、光景の悲惨さにくらまされず、しっかりと対象を捉えているのが印象的でしょう。遺体の部分だけが凹んでいた、ということは、遺体のまわりを瓦礫《がれき》が埋めるように積もっていた。それほどに凄《すさ》まじい被害であったということを暗示しています。遺体が掘り出されたあとも、その凹みはありありと、あるいはまざまざとその死者の存在を浮きあがらせているのです。

あとの一首では、呆然《ぼうぜん》と瓦礫から出てきた女が、「まづ空を見る」という光景が印象的です。人間は、その場その場で、得てして無意味な行動をも取るものですが、そんな無意味さのなかにこそ、現場の臨場感が出るものなのでしょう。一見関係のない行為だからと、そんな行動は無視して歌が作られれば、歌は骨だけになってしまいます。

ところが、このように実際に作者が現場に居て作られる機会詠というものが、最近はかなり様相を変えてきているようです。というのは、テレビやインターネットの普及によって、日本だけでなく、全世界の事件に、誰もがリアルタイムで立ち会えるようになってきました。当然のことながら、機会詠の様相も違ったものにならざるを得ません。

そんな例はいくらでもあるのですが、ここではその一典型例として、一九九一年一月十七日の湾岸戦争の時の歌をあげてみましょうか。湾岸戦争も新聞歌壇だけでなく、各総合誌、結社誌で数え切れないくらい歌われた事件でした。しかし、その歌われ方には著しい特徴がありました。湾岸戦争でもっとも多く歌われた素材、それは原油にまみれた海鵜《うみう》だったのです。

海鳥は油にまみれ生きている映像に幾度も一羽のアップ
住居《すまい》変ええぬ水鳥悲し打ち萎え原油の海になお潜りゆく
放出の原油にまみれ海鳥のよたよた歩むペルシャ湾岸

ほんの一例ですが、こんな歌がわんさと寄せられました。なるほど油にまみれた海鵜の映像は、鮮明に私たちの心に届いたのでした。しかし、あのような「まさにこれを見てください」という映像は、実は誰が作っても同じ歌にしかならないのです。それは右にあげた数首を見ただけでも明らかでしょうが、ここでテレビなどの映像を見て歌を作るということのむずかしさがのっぴきならない形で明らかになってきます。

別の角度から考えてみると、映像は、視聴者にこれこれのことを伝えたいという、メッセージを伝えるための道具なのです。私たちは決して戦闘が行われているペルシャ湾に行ってそれを見学することなどできない訳で、いきおい情報はテレビや新聞から得るしか方法がありません。しかし、同じ映像は何百万、何千万という人々が同時に見るものであり、その内の何パーセントかが歌人であれば、たちまちにして同じ素材を同じ角度から見た歌が何千と出来てしまうことになるのは、まことに単純な算数と言わなければなりません。

おまけに困ったことは、私たちがテレビなどの映像を公のものと勘違いしやすいということです。テレビや新聞の写真というだけで、それはもう間違いのない真実だと思ってしまいやすい。送り手がメッセージとして伝えようとしている内容からいかに離れて、自分の視線で画面を見ることができるか、これが機会詠が成功するかどうかの分かれ目だと言ってもまちがいありません。

例えば先の海鵜は、報道では「イラクによる環境テロ」という文脈でフセイン側が意図的に原油を流したものというニュアンスで発表されましたが、実際には、米国の爆撃による原油タンクの破壊が原因であったことが、後になってわかりました。今では明らかな情報操作であったと考えられていますが、その場で映像を見せられている大衆にとっては、どれが本当の情報であるかさえ、見分けることはきわめてむずかしい。情報を鵜のみにして信じてしまうことがいかに危険なことであるかを物語るエピソードと言えましょう。

しかし、現在、私たちは国内、国外に関《かか》わらずメディアを通じてしか、情報を得ることがむずかしいことも事実です。そんなとき、伝えられようとする情報からいったん身を引いて、情報を伝える側が意図しないようなモノを画面に見つけることは、有効な作歌のヒントになるでしょう。

差し当たり、私は二つのことを考えます。第一は、テレビや新聞を見たり読んだりするとき、いかにして事件としての枠組みから遠ざかって、自分本来の日常的な視点を確保できるかという問題。重大事件や大きな社会的関心を語ろうとするとき、私たちは漢語や難しそうな言葉を交えて、ともすればよそ行きの言葉で話をしてしまいがちです。映像や写真を見るときも同じで、自分の庭の梅の木を見るようには、世界貿易センタービル（九・一一米国同時多発テロで倒壊したビル）を見ることができない。視線そのものを、メディアから借りてくるということになりやすい。事件のなかに、いかに自分の日常的な視点、あるいは庶民としての目の高さを持ち込めるか、これが大切でしょう。

第二は、画面の中心を見ずに、いったんは、画面の隅を見てみるということも大事だと思うのです。メディアの送り手は、自分が主張したいこと、伝えたいことを画面の中心に置きます。それを知りつつも、いったんは画面の隅に視線を遊ばせてみると、重大だと伝えようとしている事件の傍らに、事件とは一見関係がなさそうに見えて、しかもそれがあることによって、事件そのものが画面の中だけのものではなく、我々の日常と地続きのモノなのだと納得させてくれることもしばしばあるものなのです。初めに、二死満塁のタイムの場面での、トンボに注目した一首をあげましたが、あのような視線を持ち込むことによって、事件に引きずられて歌うのではなく、事件を自分の側に引きつける。そんな歌い方ができれば、機会詠はいっそう大きな意味を持ってくるのではないでしょうか。

私は、機会詠は、それこそ機会があれば、作ってみるのがいいと思っています。歴史は、やがて記録となって文章の形で残っていくでしょうが、歴史的事件を当時の庶民大衆がどのように捉えていたかという点は、短歌以外ではなかなか残らないと思うからです。機会詠は、いわばリアルタイムで人々がどのように歴史に参加したか、その感情の記録になるものと思っています。そのためにも、庶民の日常感覚で捉えた機会詠が切に求められるのではないでしょうか。

ヒント9

ユーモアのある歌・笑える歌

歌、和歌、短歌と、どう言おうとも、それはまじめということばと切っても切れない関係にあるように見えます。叙情であり、悲しみであり、哀れであり、そして情熱。そこにはおよそ不まじめな要素は、影も見い出せないというのが、おおかたの印象でしょう。

歌を作らない一般の人たちから見れば、その印象はいっそう強いのであって、日常生活でもほとんど笑ったことがない人種とすら思われているのではないでしょうか。歌人であると知ると、高尚なご趣味ですねと言われたりすることが多くて辟易《へきえき》しますが、どうも歌人というのは高笑いなどしてはいけない人種であるらしい。

実際に多くの歌を読んでいると、どうしてこんなに暗く、重く、悲しい歌ばかりが多いのかと、落ち込んでしまいそうにもなります。そもそも近代以降、歌といえば常に悲しみや哀れと直結してきたこと自体が問題なのであり、読んで可笑《おか》しくなる歌、ほのぼのとしたユーモアのある歌は、その歌人の幅を大きく広げてくれるはずです。作者の悲しみに同調することも歌を読む喜びのひとつではあるでしょうが、一読笑ってしまったり、思わずにんまりしてしまう歌に出会うと、そこに紛れもなく歌を読む楽しみの一端があることに気づくのではないでしょうか。

税務署へ届けに行かむ道すがら馬に逢ひたりあゝ馬のかほ

斎藤茂吉『つきかげ』

斎藤茂吉という人は、近代歌人のなかにあって、とてつもなく可笑しい歌人の筆頭でしょう。本人は大まじめなのですが、その大まじめさがどこか可笑しい。可笑しいと言うよりは、滑稽《こっけい》といったほうが当たっているでしょう。まじめな茂吉のお弟子さんたちには顰蹙《ひんしゅく》を買うかもしれませんが、私はこの可笑しさ、滑稽さが、茂吉という歌人を、近代最大の歌人たらしめているところのふところの深さであると思っています。茂吉が、声調の透った、格調の高い歌だけを作っていたなら、その魅力はまちがいなく半減していたでしょう。

だからという訳でもないが、茂吉の税務署の歌は、なんだかとても可笑しい。なんで「税務署へ届けに行かむ道すがら」馬に遭ったのか。事実そうだったのだと、リアリズムの信奉者なら言うかもしれませんが、それは違うでしょう。茂吉が馬を持ってきたのです。「遭う」ではなく「逢う」としたことでも、それはあきらかでしょう。

必死で計算をし、なんとか納税額を少なくする算段をし、ぼろぼろに疲れてやっと税務署へ行く「道すがら」、そこに涼しい顔をして立つ馬がいた。その茂吉の心境とはあまりにもかけ離れた馬の顔に、思わず漏れたことばが「あゝ馬のかほ」。思わず笑ってしまいます。

茂吉には「鼠《ねずみ》の巣《す》片づけながらいふこゑは『ああそれなのにそれなのにねえ』」(『寒雲』)などという歌もあってよく知られていますが、私はこの歌は買いません。狙った笑いが感じられるからです。ユーモアの歌と言い、笑いのある歌と言うとき、ここがむずかしいところですね。笑ってもらおうという思いが介入すると、読者は笑えなくなる。少なくとも、こぼれるような笑いはそこには生まれない。

「面白がらするは田舎芸なり」と細川幽斎《ほそかわゆうさい》なら言うでしょうか（烏丸光広《からすまるみつひろ》『耳底記』）。

笑いには、諧謔《かいぎゃく》、ユーモア、ウイット、滑稽などなど、いろんな種類が思い浮かびます。ユーモアは、ラテン語のフモールからきているらしい。「フモール：もと体液、湿気、気分の意。ときに有情滑稽と訳される。アイロニーをはさんで諷刺《ふうし》と対置され、笑いと宗教的愛との転回点をなす。」というのが哲学的な定義（『哲学事典』）。さすがにありがたそうな定義ですが、これだとどうも笑えない。ここでは哲学的な定義は抜きにしておきましょう。

私は、いわゆる吉本新喜劇的な笑いは嫌いなのです。何が何でも暴力的に観客を自分のギャグに拉致《らち》しようとする笑わせ方は、少なくとも文学のなかで意味を持つものとは思われない。ここでは、作者自身の意図を離れて、思わず読者が笑ってしまうような歌の価値を考えてみたいものです。

信号の赤に対ひて自動車は次々止まる前から順に　奥村晃作『鴇色《ときいろ》の足』

次々に走り過ぎ行く自動車の運転する人みな前を向く　同『三齢幼虫』

奥村晃作という人は不思議な人であります。従来「ただごと歌」として貶《おとし》められてきた歌を、認識の歌として積極的に、しかも大まじめに追求している歌人であり、その特質は、この二首にもっとも典型的に表れているでしょう。信号が赤になって、前の車から順に止まる。「前から順に」がミソですが、もちろん後ろから止まるなどということはあり得ないのです。そんなことは誰にもわかっているのですが、しかし、そのあたりまえのことを改めて言われてみると、なるほどそうだと思うのと同時に、限りなくそれが可笑しい。事実は何も可笑しくないのに、それをことさら採り上げて、感心している作者が可笑しいのです。

二首目は、通過していく自動車を歩道から見ている作者。どの車の運転手もみんな前を向いている。あたりまえでしょう。こんなばかばかしいあたりまえのことを、わざわざ言っているヤツの気がしれないと思いませんか。まじめな歌人からは顰蹙を買いそうですが、しかし、そのあまりにもあたりまえのことを改めて言われてみると、成程そうだと妙に納得してしまう。今度はそんなことに納得している自分が妙に可笑しい。かくして、私たちは、この歌に二度笑うことになります。

歯を喰ひしばつてといふ比喩がある比喩さながらに吾は生きたり
清水房雄《しみずふさお》『旻天何人吟《びんてんかじんぎん》』

九十まで生きよと言ひ来し子の一人あと三年と気づかぬらしく
同『獨孤意尚吟』

清水房雄氏は九十二歳になられた（二〇一五年八月で百歳になられます）。少し前の歌です。これも可笑しい。一首目、「歯を喰ひしばつてといふ比喩」は日常よく耳にするところ。それに従って自分も「比喩さながらに」生きてきたと歌っています。まことにまじめな歌であり、ここで笑っては作者に失礼だと思いながらも、どうしてもそのまともさに笑ってしまう。比喩《ひゆ》さながらと歌う作者のしたたかさは、もちろん言外に匂っているのであって、その作者の余裕が読者に笑いを誘うのです。作者が真に必死で歯を食いしばっていたら、読者は笑えません。

二首目の歌では、お父さん、九十までは生きてよ、と子どもが言ってきます。子どもとしてはもちろん他意はなく、九十歳ははるか先、とにかく長生きをして欲しいと願っての言葉なのですが、この親父、さすがにしたたか。子の真意はもちろん知りつつ、もうすぐ俺が九十になることも知らないのか、この親不孝者、と舌打ちをしたのでしょうか。こんな親を持ったら大変という他はありませんが、可笑しいことこの上もない。ついでに補足しておきますが、この歌の入っている歌集『獨狐意尚吟』はどうやら「どっこいしょ」と読むらしいのです。こういう遊び心、いいですよね。

〈あの人つて迫力ないね〉と子らがささやく〈あの人〉なればわれは傷つく　花山多佳子『空合』

こんどは親の立場の歌。二人の子（姉と弟なのですが）が向こうでひそひそ話をしています。「あの人つて迫力ないね」。ふと気づくと、その〈あの人〉は自分、母親である作者のことなのでした。傷ついちゃうわよ、という作者の呟《つぶや》きが聞こえてくるようです。結句「われは傷つく」という駄目押しが、可笑しい。たまたま聞いてしまった内緒話に、大ショックを隠そうともせず歌ってしまったところ、悲しいとか悔しいとかではなく、ちょっと大げさに自己戯画化している余裕に可笑しさは由来するのでしょう。

三日月がめそめそといる米の飯　金子兜太《かねことうた》『蜿蜿《えんえん》』

泥鰌浮いて鯰も居るというて沈む　永田耕衣《ながたこうい》『悪霊』

滑稽と言えば俳諧《はいかい》、俳句ですね。どちらもふふふと笑ってしまう句ではないでしょうか。このふふは、快いふふふです。それは句の表情が少し悲しく、その悲しみのなかの軽さから来ているのではないだろうか。金子兜太のめそめそは、三日月だけではなく、作者自身の、その時の気分を反映していたはずです。めそめそと米の飯を喰っていたのか。そのめそめそを三日月に強引に結び付けたところが可笑しい。

泥鰌《どじょう》、鯰《なまず》と言えばすぐさま永田耕衣と名が浮かぶ程に、それらを詠んだ句は多いのですがどれもおもしろい。「鯰笑ふや他の池の鯰の事も思ひ」「梅雨に入りて細かに笑ふ鯰かな」などなど、永田和宏の亀の歌（！）以上に、永田耕衣には鯰、泥鰌の句が多い。泥鰌が浮いてきて、鯰も居ると言うて沈んだ。あり得ないような、あり得るような変な気分。鯰、泥鰌というこちらの固定観念がどこか緩むような気分であります。それを坪内稔典《つぼうちとしのり》は「こわばりをほぐす」と言っています。

――私は、自分と他者の感受性や精神のこわばりをほぐす力、それをユーモアと呼ぶことにする。ユーモアは必ずしも笑いそのものではなく、洒落や滑稽や諧謔をも含んだ心身のこわばりをほぐす力だ。子規の言葉を借りていえば『まじめくさった』ものをほぐす力がユーモア。

坪内稔典『俳句のユーモア』

粗っぽい定義ですが、哲学事典の厳密な定義よりよほど実感がある。ユーモアや笑いの実体が逃げていかない定義という気がします。

——詩情と笑いは日本人の感情のなかでは相容れないものらしく、笑いを含む遊びを動機として生まれた文芸は、つねに笑いを排除することによって完成し、あるいは完成したと後世見なされるのである。

織田《おだ》正吉《しょうきち》『日本のユーモアー詩歌篇』

織田正吉の言うように、詩歌と、笑い、ユーモアは元来相容れないものと考えられがちではなかったでしょうか。がちがちになりがちな私たちの感性を「ほぐすもの」としての、笑いやユーモアを大切にしたいものです。

ぶつかりしバスとバスにて旧交をあたたむるがにくつ付きてをりつ　狩野《かのう》一男《かずお》（歌集未収録）

小さき犬曳く人大きをひく人に道を譲れり慣ひなるべし　岩田《いわた》正《ただし》『郷心譜』

寒の夜を頬かむりして歌を書くわが妻にしてこれは何者　永田和宏『華氏』

第二章
形式を使いこなす

結句の力――オチをつけない

短歌は五句三十一音からなっていますが、どの句がいちばん大事かなどという議論には意味がないでしょう。しかし、歌の失敗の多くが、じつは結句に由来していることは、多くの選歌などをしていると如実に感じるところでもあります。まことに結句はむずかしい。

なぜ結句で失敗するのでしょうか、原因はいくつも考えられますし、それは個々の具体例にあたるしかありませんが、傾向として言えば、「結句で理屈をつける」「辻褄《つじつま》をあわせる」「上句で言ったことを、くどく繰り返す」「余計な感想を付け加える」「情の絡んだ落ちをつけて浪花節《なにわぶし》になってしまう」などといった通弊を指摘することができます。どれも、「これだけでは読者にわかってもらえないのではないか」という不安からくるものではないでしょうか。自分の作歌を思い出してみれば、思い当たることも多いはずです。

近代の歌人に釈迢空《しゃくちょうくう》がいたことはご存じと思います。国文学者としては折口信夫《おりくちしのぶ》という名で知られていますが、今なら「迢空賞」にその名が強く印象されるかもしれません。

迢空・折口信夫は、

地にわが影空《そら》に愁の雲のかげ鳩よいづこへ秋の日往ぬる　山川登美子《やまかわとみこ》『恋衣』

という一首をあげて、次のように言ったことがあります。

――新詩社時代の女の人たちは、かういふ口から出まかせと見える歌に長じてゐた。さういふものが出来るまではかういふ事を詠まうとは思はずに、言葉を並べてゆき、そして最期に近づいて、急速に整頓せられる。即魂が入つて出る訳で、まあそんな歌が多かつたのです。

釈　迢空「女流の歌を閉塞したもの」（「短歌研究」一九五一年一月号）

与謝野鉄幹《よさのてっかん》の興《おこ》した結社、新詩社の雑誌「明星」には、与謝野晶子《よさのあきこ》や山川登美子が活躍していました。折口信夫は、新詩社的な歌の作り方を、「でまかせ調」などとも言っていますが、決してそれを否定的に言っているのではありません。これは講演の記録であり、もう一つ折口の言わんとするところが正確に伝わらないもどかしさもありますが、おそらく折口の言いたいのは、女性の歌は、男の歌のように理屈をつけないほうがいい、口からでまかせで、言葉を自由に継いでいって、最後にふっとまとまってしまうような行き方がいいのではないか、というところにあるように思います。

子を欲るはわれへのくさり子を欲りて愛ためすなれ五月のすもも　馬場《ばば》あき子《こ》『無限花序』

病みて七年癒えてさらなる命さへ蕩たるかなや卯月のさくら　安永蕗子《やすながふきこ》『朱泥』

早寝して子はみづからの歳月を生き始めをり夜の霞草　高野公彦《たかのきみひこ》『天泣《てんきふ》』

馬場あき子の歌には若干、注釈が必要でしょう。謡曲「鉄輪《かなわ》」に題材をとった連作「橋姫」の中の一首です。

男と女の愛の掛け合いのなかでの男の台詞《せりふ》。女が子供を欲しいと願うのは「われへのくさり」である、子を欲しいと言って愛をためしているのだとつぶやく男。そんな男の薄情とその裏切りは、女に殺意を抱かせますが、最後にはどうしても男を殺せないで立ち去ってしまうという一連です。男女の情が緊迫して交錯し、私の大好きな連作です。

安永蕗子は、若いころ結核療養の経験があり、二首目には、その後の生の茫漠《ぼうばく》ととりとめもない気分が歌われています。

高野公彦の一首は、娘が就職をし、初出勤の前夜でしょうか。自分とはもう関《かか》わりの無い場で生活を始めようとしている娘を、傍らで見ている父親の気分。

これら三首の歌に共通するのは、結句で「花」が出てくることですが、その出方がまことに唐突であるところに驚かされます。第四句までの文脈とはほとんど関係のない花の名前が、結句で突然出てくる。それが必ずしも唐突ではなくて、いかにもそこにはその「花」がふさわしいような気がする。大切なことは、その花が理屈や辻褄から出てきたのではなく、もっと自由なイメージの飛躍から来ているらしいことでしょう。第四句までを紡いでいくうちに、不意にその花のイメージが浮かんだ、といったさりげない置かれ方をしているのがいいのです。

私もかつて、「君がいつか死ぬということを思わざりき思わずきたり黄あやめのはな」という一首を作ったことがありましたが、なぜ結句に「黄あやめのはな」を持ってきたのか、今ではよくわかりません。ただ、従来の写実派的な解釈のように、そういう思いを抱いたときに、たまたまそこにあやめの花が咲いていた、ということでないことだけは確かです。

もちろん、関係のない花の名前を結句に持ってくればなんでも成功するというのではありませんが、結句で理屈や辻褄をあわせようと思わずに、ふっと思いついたようなフレーズを思い切って持ってきても、詩型が作者のそのわがままを救ってくれるということを言いたいのです。自分で理屈をつけたり、辻褄をあわせて歌を小さく窮屈にする必要はまったくなく、もっと自由に遊ばせてやってもいいのです。詩型の持つ包容力を信頼してやれば、ほとんどの読者は作者の思いを間違いなく受け止めてくれるものです。

非常灯にいつも走つてゐる男走りつづけて疲れてをらむ

廊下などに常に点《つ》いている非常灯、面白い素材を扱っています。なぜかそれは男で、いつも走り続けている。第四句まではとてもおもしろい歌になる予感を感じさせるのです。ところが、結句「疲れてをらむ」がどうにもまずい。走り続けているから疲れているのだろう、と要らぬ解釈、感想をつけ加えるから飛躍がなくなるのです。せっかく高まってきた歌の調子が、結句でいっきに墜落です。

——おちをつけない。エッセイでもおちをつけると面白くない。言いたいことを着地で決めようとする結句病に注意。言いさしで結構。あとは読者にまかせる。
河野《かわの》裕子《ゆうこ》（「河野裕子語録」「短歌」二〇〇三年二月号）

ここで言う「おちをつけない」というのは、必ずしも結句に限ったことではありませんが、落ちは結句にくることが多いことは、先の例でも明らかでしょう。なかで「結句病」などという言葉もおもしろい。まことに「結句病」の著しい例が多すぎるのです。

これを私なりに言いなおしてみると、結句で陥りやすい傾向を逆にせよということになります。すなわち「結句で理屈をつけるナ」「辻褄《つじつま》をあわせるナ」「上句で言ったことを、くどくど繰り返すナ」「余計な感想をつけ加えるナ」「情の絡んだ落ちをつけて浪花節にしてしまうナ」。

もう少し標語的に言えば、「結句でまとめようとせずに、ジャンプせよ」ということでしょうか。先にあげた結句に花の名が登場した歌は、いずれも結句でジャンプしていたことがおわかりと思います。

結句が委縮するもっとも大きな理由は、これだけでは読者がわかってくれないのではないか、自分の思いが十分伝わらないのではないかという心配からなのです。思うにまじめな歌人ほど、自分の作品が間違って受け取られないように、自作に責任を持とうとする傾向がある。私は、逆説的な言い方ですが、歌は無責任にお作りくださいと言っています。少しくらい誤解や読み違いが生じてもいいではないか、くらいに気楽に考えておいたほうが、どうも風通しがよく、かつ飛躍にとんだおもしろい歌ができるように思います。

読者は、自分が心配している以上に作者の言いたいことの先までを汲み取ってくれるものです。まして、読みのベテランである選者は、何も言わなくとも作者の言いたいところは理解しているものです。もっと読者を信頼して、わがままになりたい。

夕光《ゆふかげ》のなかにまぶしく花みちてしだれ桜は輝《かがやき》を垂る

佐藤佐太郎《さとうさたろう》『形影』

有名な一首です。京都・二条城の桜を詠んだものと言われています。この一首が結句「輝を垂る」で立ち上がっていることは容易に理解できるでしょう。

結句は普通なら「輝きてをり」とするのではないでしょうか。それでは単に情景をなぞったにすぎません。佐太郎はそれを「輝を垂る」と言った。いかにも力強い。佐太郎の意志が投影されているようにも感じます。動感がすばらしい。

連結をはなれし貨車《くわしや》がやすやすと走りつつ行く線路の上を

佐藤佐太郎『歩道』

先の歌と逆に見える一首をあげてみます。前にもあげた歌ですが、結句は一見、つけ足しのように見える。貨車はわざわざ言わなくとも、「線路の上を」走る以外ないじゃないかという声が聞こえてきそうです。しかし、私はこの結句は冒険だっただろうと思います。一見、繰り返しのように見えながら、結句によって動きの継続性と、どこまでも向こうへ静かに走っていく奥行きが感じられます。当たり前のことは言わなくともいいのですが、詩においては、往々にして、当たり前のことを言われたがために、かえって驚きや感動が生じる場合があります。

冬眠を忘れし亀は薄き陽に薄き目を閉ず阿毘羅吽欠《あびらうんけん》　永田和宏『後《のち》の日々』

私の作で、結句が気にいっているものです。結句「阿毘羅吽欠」は、ご存じのとおり〈真言〉のひとつ。辞書的には、宇宙一切の生成物である地水火風空をあらわすとありますが、この場合には上句の内容とは関係はありません。ただ、亀の様子を見ていたら、不意に「阿毘羅吽欠」という言葉がひらめいた。それだけでつけたものですが、一首として読んだときに、なんだか不思議な味を出しているように（贔屓《ひいき》目に見て）思うのです。

「阿毘羅吽欠」をどうとるか、それは読者次第です。河野裕子の言う「言いさしで結構。あとは読者にまかせる」ということでしょうか。

こんな程度の責任の取り方でもいいのです。私は結句では相当の冒険をしてみたいと思っていますし、皆さんにも冒険をしてみていただきたいのです。上句からの文脈を離れて、とんでもない結句で着地するのは、何でもないようでいて意外にむずかしいものです。無責任なのだから何でもいいというのではなく、作者のある感情の連続の上に立って、なおかつジャンプしてみること、作歌の際に、心のどこかに留めておいてほしいものです。

値札の取り外し方

How to remove our tags

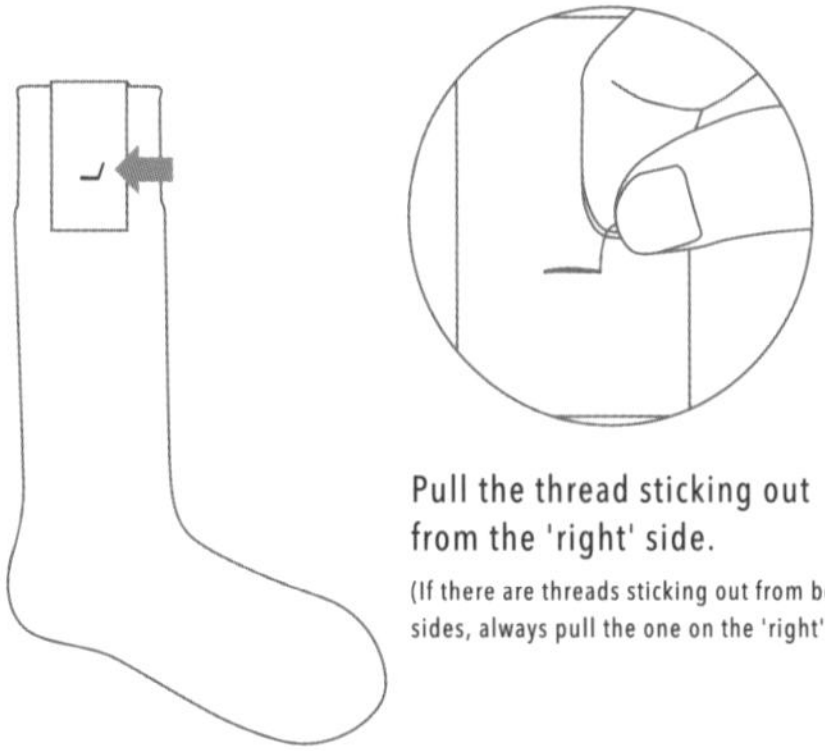

Pull the thread sticking out from the 'right' side.

(If there are threads sticking out from both sides, always pull the one on the 'right'.)

縫い合わせの端から糸が出ている場合は、この糸を引っ張るだけで糸が外れます。

右と左の両方から糸が出ている場合は、右の糸を引っ張ってください。

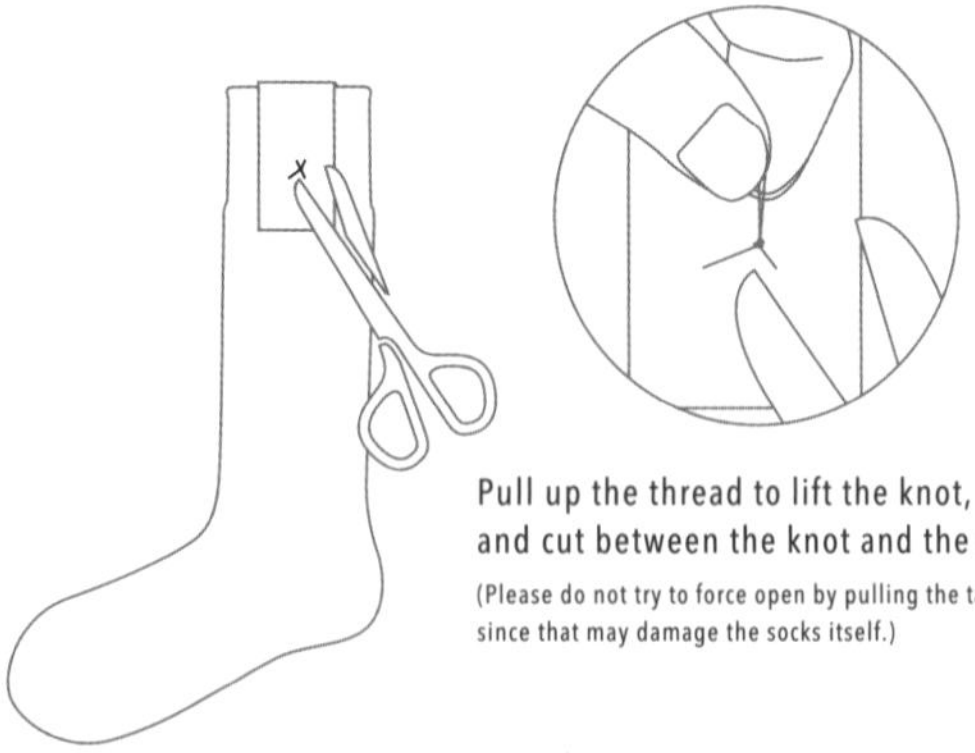

Pull up the thread to lift the knot, and cut between the knot and the tag.

(Please do not try to force open by pulling the tag, since that may damage the socks itself.)

結び目がある場合は結び目をつまみ上げ、タグと結び目の間にハサミを入れて切ってください。

靴下の生地を損傷する恐れがあるので、無理に引っ張らないでください。

ヒント11
倒置法と体言止め

「倒置法」と「体言止め」。一見、無関係に思われそうな二つの方法ですが、実は短歌における修辞的な効果を考えたとき、この二つは意識としては兄弟のような関係にあると言えましょう。その効果を述べる前に、それぞれの例を見てみることにしましょう。

倒置法は、語順を変えることによって、強調したい事項をはっきりさせようというレトリックですが、たいていは、強調したいものをうしろに置きます。「私は誠意というものを強調したいのだ」と言うよりは、「私が強調したいのは誠意なのだ」と言ったほうが、たぶんより強い表現と感じられるでしょう。これを倒置法と呼びます。

短歌でも往々にして倒置法が用いられます。

一刹那刹那を生きの綴《と》ぢめとし病み経しいのちの限界いまは

宮《みや》　英子《ひでこ》『花まゐらせむ』

夫である宮《みや》柊二《しゅうじ》の死に臨んでの悲痛な歌です。宮柊二は、糖尿病をはじめとして、晩年はさまざまの病魔に襲われ、まことに辛い闘病生活を送ったのでしたが、辛さは、最後までそれを看取った英子夫人のほうにより大きかったでしょう。その宮柊二の生もいよいよ尽きようとするときの歌ですが、長い闘病の果ての「いま」である故に、初句の「一刹那刹那」というリフレインはいっそうの重みを持ってきます。その時々、刹那刹那を「生きの綴ぢめ」のように病み、そして生きてきたそのいのちもいよいよ限界に臨もうとしている。その長い時間の果てを思うとき、この「いまは」という一語にこめた作者の思いは切なるものがあったはずです。

期せずして、歌の末尾に来ることになった「いまは」という語が、二人の経てきた時間の量を思い起こさせる効果を持っているでしょう。倒置法がよく機能している例だと思われます。

おとうとよ忘るるなかれ天翔ける鳥たちおもき内臓もつを　伊《い》藤《とう》一《かず》彦《ひこ》『瞑《めい》鳥《ちょう》記《き》』

伊藤一彦の代表作の一つです。若き青年が、その弟に呼びかけていますが、内容よりもむしろその命令形の出だしに、ある種の若さが雰囲気として感じられます。「おとうとよ忘るるなかれ」は本来なら末尾にくるべき命令形でしょうが、まず「忘るるなかれ」と言ってしまって、その中身は何だろうと読者に思わせるところから歌はスタートしています。まさにこの、次に何がくるのだろうという期待感が、倒置法のレトリックとしての効果なのだと考えられます。

「忘るるなかれ」の内容にあたるのが三句目以下ですが、そこでもう一度、「おもき内臓をもつ鳥たちを」ではなく、「鳥たちおもき内臓もつを」という表現になっているところに、厳密な意味での倒置法ではありませんが、ちょっと倒置法的な効果をもっている点にも注意しておきたい気がします。

あんなふうに軽やかに天を翔けていく鳥にも、地上に縛りつけられた我々と同じように重い内臓があるのだという発見は、おおそうかと思わせるインパクト（衝迫力）がありますが、そのインパクトが、ここでは倒置法の効果によってもたらされていることを確認しておきましょう。

この「次に何が来るか」という期待感が、たぶん倒置法が効果を発揮する根拠なのだと考えられますが、逆に言えば、倒置法を用いたその対象が、まことに順直な、あるいは平凡なものであった場合、期待感を持たせていただけに、かえってそれは煩わしいものにしかなりません。このところが後でも実例に即して述べますが、なかなかむずかしいところなのです。

ここまで話を進めてくると、なぜ倒置法と、次に述べる体言止めとを一緒にしたかは、おのずと明らかになってくるのではないでしょうか。体言止めという、歌ではきわめてポピュラーなレトリックは、これもやはり強調の一種なのだと考えることができます。つまりこの一語という強調したいことばを最後に持ってきて、そのまま言いさしにしてしまう。


鶴の首夕焼けておりどこよりもさびしきものと来し動物園　伊藤一彦『瞑鳥記』

同じく伊藤一彦のよく知られた一首（という言い方が、体言止めですね）。

お互いが若かった頃《ころ》、伊藤一彦が鶴を、私がぼろぼろの駝鳥《だちょう》を好んで歌っていたことがありました。「動物園に行くたび思い深まれる鶴は怒りているにあらずや」（『月語抄』）という歌も伊藤にはあります。

動物園の閉園間際でしょうか、鶴の首までが夕焼けに染まっている。その光景はさびしいものではあるが、それはたまたまさびしかったのではなく、作者自身が「どこよりもさびしきものと」思って来た、その「動物園」なのだというところに、この一首のポイントがあることは説明の要はないでしょう。一首の末尾に置かれることによって、そして動物園という名詞ですとんと断ち切られることによって、思いは、そのあとにたたらを踏むように漂うことになります。体言止めは、言い切らないことによって、思いをうしろへ引き延ばす、あるいは漂わせる仕掛けなのです。

体言止め、名詞止めといえば、現代短歌では先に亡くなった塚本邦雄《つかもとくにお》の右に出る歌人はいないでしょう。塚本邦雄は名詞派の歌人の代表と言われるように、一首のなかに名詞の占める比率のきわめて高い歌人でした。


赤い旗のひるがへる野に根をおろし下から上へ咲くジギタリス　塚本邦雄『水葬物語』

馬を洗はば馬のたましひ冱ゆるまで人戀はば人あやむるこころ　同『感幻樂《かんげんがく》』

あげていけばきりがないほどに、塚本の歌には名詞止めが多用されています。「下から上へ咲くジギタリス」には、塚本の確かな観察眼が働いていて、この一首から私は無限花序ということばがあるのを知りました。（茎の上から下へ咲き降るのを有限花序、上へ咲き上るのを無限花序と呼びます。）

一首は、すべてことばが下へ下へとつながり、最後に「ジギタリス」に収束するという構造になっていますが、結句のジギタリスの突然の中断は、いやでも、もういちど、初句の「赤い旗のひるがへる野」に舞い戻ることを要求しているようです。そうしてもういちど初句に帰ることによって、「赤い旗」とはなんぞやといった問いとともにこの一首は、別の次元の意味への回路を獲得することになります。そんな初句への回帰を促す仕掛けとしてこの体言止めは機能しているようです。

二首目もよく知られた塚本の代表作ですが、徹底ということの具体を示した一首でしょう。馬を洗うなら、その魂が冴《さ》えるくらいに洗うべし。人を恋うのなら、生半可な恋ではなく、恋うて恋うて、遂にはその人を殺してしまうくらいに恋うべし、と、塚本は言い切るのです。どちらの行為にもエロスが漂います。

このように倒置法も体言止め（名詞止め）も、言いたいことを強調する働きがあります。歌を作るということのなかには、当然、自分の言いたいことをなんとか相手に伝えたい、しかも十二分に伝えたい、という思いがあります。いきおい、なんとか自分の感情の核の部分を目立たせたいと思うのが人情でしょう。しかし、そこが往々にして失敗のもとになるのですから、歌はむずかしい。

昨夜《よべ》よりの寒さ急なる本能寺の銀杏落葉を吹き散らす風

ゆりかもめ鴨川の瀬につどひ居り寒さに透ける水あおき朝

いずれも投稿歌で、同じ作者が一枚の葉書に並べて投稿されたものです。一首だけだと何気なく通り過ぎるのですが、二首、同じような作りの歌が並んでいたので目につきました。いずれも名詞止めの歌です。よくまとまった歌で、あえてケチをつける必要はないのですが、なぜかこのままでは採る気にならない。それはなぜだろうかと考えると、やはり結句の名詞止めによって、あまりにも短歌の典型的な詠嘆の形に落ち着きすぎたことが、歌の表情を薄くしてしまったような気がします。「吹き散らす風」「水あおき朝」、どちらも歌の核でもあるでしょうが、その核だけが強調され、そこに一首全体が収束してしまったがために、歌が広がりを持たなくなってしまったのです。

体言止め、名詞止めは、連作として一連の歌を提出する際には、特に注意したいところです。何首かに一首、体言止めがあるとそこが引き立つのですが、それが続いたりすると、途端にそれぞれの歌が薄っぺらく感じられてくるので要注意です。歌集を編むなどという場合は、特にそのような体言止めの歌の按配には注意を払いたいもの。歌の配列のうえでは、無意識のうちにそのような注意が払われているようにも思います。

岡井隆《おかいたかし》の『歌を創るこころ』(日本放送出版協会・品切れ)に次のような例が載っていました。

あぢさゐの雨の中をば訪《と》ひくれし友はあぢさゐの鉢を抱《いだ》きて　(原作)

これは倒置法の例でしょう。これを岡井隆は、

あぢさゐの雨の中をばあぢさゐの鉢を抱きて友は訪ひ来ぬ　(添削例一)

と直しました。ここでは倒置による「あじさゐの鉢を抱きて」の強調を薄めたかったのだと考えられます。特に「抱きて」が単に鉢を抱えてという以上に感情移入がなされているので、これを目立たない位置に順接の形で配列し直したのでしょう。印象が薄くなったと思うでしょうか。しかし、往々にして倒置や体言止めによる強調の意識は、読者には煩わしく感じられるものなのです。必要以上の念押しは、煩わしいだけではなく、わかってよといったいじましさにも通じます。

あえて強調しなくとも、ここだけはわかって欲しいと念を押さなくても、多くの読者は、あやまりなく作者の意識の中心を探し当てるもの。大切なのは、読者に媚びるのではなく、読者を見くびるのでもなく、ここまで言わなくても、ここまで強調しなくても、きっとわかってくれるはずという信頼感のもとに歌をそっと手放してやることなのです。いい読者は、そしていい選者は、きっとわかっているはずなのです。

倒置法と体言止め、どちらも作者の意図を明確にわかってもらうには効果的な方法であり、うまく行けば印象がぐんと濃くなります。しかし、どんな方法にも楯の二面性があるように、これらも下手に使うと歌の品位が低く感じられ、いじましいものになりかねません。あまり凝った表現に走らないで、歌はそっとさし出すことを心がけたいものです。

ヒント12

初句の冒険

私の学生時代、学生短歌会に稲実紘之《いなみひろゆき》という一年先輩がいました。思索的で、しかも不思議にしんとした幻想的な歌を作っていました。本人はいたって寡黙で、われわれの中ではもっとも詩人というにふさわしい雰囲気をそなえた人でした。学生時代から総合誌などにも作品を依頼され、若手として期待されていましたが、あっけないほどあっさりと歌をやめてしまいました。中島みゆきならば「恋の終りはいつもいつも立ち去るものだけが美しい」と歌うのでしょうが、彼が歌をやめてしまったのは、私たちかつての仲間には今でも口惜しいという思いが捨てきれません。

稲実紘之に「初句の唐突性」（「京大短歌」一号、一九六七〈昭和四十二〉年）という文章があり、そのなかで彼が「初句は常に唐突である」という名言を残していたと記憶していました。今度古い雑誌を探しだして読みなおしてみると、そのフレーズはどうやら私の創作らしく、彼が実際に言っているところはこうです。

――冒頭は何によらず唐突なのではあるまいか？　僕の疑惑である。いかなる文章であろうと、語句が集まった際であろうと冒頭の初句は唐突である。

稲実紘之

このようなフレーズから、私が勝手に「初句は常に唐突である」と覚え込んでしまったのかもしれません。しかし、改めて考えてみれば、どんな歌にあっても、確かに初句は常に唐突ではあります。一首を読もうとするとき、初句だけは誰《だれ》にも予測ができません。長い文章であれば、その初句の唐突性はあとに続く文の長さのなかで希釈されてしまいますが、短歌のように短い詩型では、その唐突性は絶大です。それに気づかなかったことのほうが、かえって不思議なのではないでしょうか。

どんな導入をしても、どんな言葉を持ってきても、初句は常に唐突である。だから、誰もができるだけその唐突性を弱めようとするのかもしれない。あまり初句で目立たないようにと考える。枕《まくら》詞《ことば》などという技法も、別の見方をすれば、初句の唐突性を緩和するための方策であったのかもしれません。

実際、先の稲実さんの文章では、「短歌という伝統の産物である短詩型に何か新しいものを導入する観点があるとすれば、この初句の唐突性を如何《いか》に解消するか、意識的に考えてみることである」という一文がありました。まっとうな見方と言えばそうなのですが、私自身は、稲実さんの「初句の唐突性」というフレーズから実は逆のことを考えていたので、今回読みなおしてみて、ちょっと驚いた次第。

むしろ、どうしたって唐突ではあるほかはないのであれば、初句の唐突性を逆手にとって、たまには思い切って初句で冒険してみてはどうだろうか、と、私は考えるわけです。

しかもなほ雨、ひとらみな十字架をうつしづかなる釘音きけり　塚本邦雄『水葬物語』

塚本邦雄の歌には、初句にさまざまな工夫のあるものが多く、この一首以外にもあげることは簡単にできますが、短歌にはこんな入り方もできるのか、と、この一首を読んだときの驚きは忘れられません。

「しかも」と言われても、「しかもなほ」と続けられても、いったい何が「しかも」なのか、読者にはわからない。しかし、「ひとらみな十字架をうつしづかなる釘音《くぎおと》きけり」まで読むと、当然のことながら、それがイエスの磔刑《たっけい》の場面であるとわかる。その時はじめて、なぜ「しかもなほ雨」であったのかが納得されるのでしょう。納得などといった悠長なものではなく、ハッと、こちらの胸に弾丸が飛び込んできたような衝撃を受けないでしょうか。その衝撃が、初句の大胆さに由来することは説明するまでもありません。

するだろう　ぼくをすてたるものがたりマシュマロくちにほおばりながら　村木《むらき》道彦《みちひこ》『天唇《てんしん》』

村木道彦は、前衛短歌運動の夕映えのようにはかなく現れて、短い活躍の後、長い沈黙におちいった作者でした。口語調のしなやかな、軽い歌い口の中に、青年の憂愁を閉じこめたような文体が大きな衝撃を与え、それ以降の青年たちの歌に計り知れない大きな影響を与えました。この一首は「ジュルナール律」に載った「緋《ひ》の椅子《いす》」十首の中の一首ですが、それが如何に衝撃的だったか。

私は今でも十首全部を空《そら》で言うことができます。

この一首、初句の「するだろう」は当然、何を？　という疑問を宙づりにしたまま、読者をそれ以降の句へと強引に引っ張っていくでしょう。青年特有のナルシシズムの影が強い一首ですが、とりわけ初句が印象に残る歌です。

たとへば君　ガサッと落葉すくふやうに私をさらつて行つてはくれぬか

河野裕子『森のやうに獣のやうに』

多くの高校教科書にも取り上げられているように、恋の歌としては破格に開放的で、かつ肯定的な呼びかけの歌として、青春歌の一典型でもありましょう。「たとへば君」のあとの一字の空白が、結句「くれぬか」という呼びかけへの息継ぎのような効果を持っているのかもしれません。

常にこのような大胆な初句が成功するわけではありません。しかし、初句はできるだけ目立たないようになどと消極的にならずに、時には、こんな思い切った冒険をしてみることも、自分の歌のマンネリズムを打ち破るために必要かもしれません。

ヒント13

破調の効果(1)――字余り

短歌は、五句三十一音からなる定型詩であります。

――短歌は、五音、七音、五音、七音、七音という一定の韻律をもった詩であり、日本語による言語芸術の一つである。

岡井　隆『短詩型文学論』

という規定は、おそらくもっとも単純で、かつ必要十分な短歌の規定であるでしょう。
この短歌の規定からは、短歌作品であるためには、定型を守っていなければならないことは言うまでもありません。しかし、そうは言いながらも、純粋に定型を守っている作者は、実際には探すほうがむずかしい。基本は五句、三十一音にあるとして、それからはみ出す歌、すなわち破調はどの程度までなら許されるのでしょうか。誰もが作り始めて、最初に気にする問題でしょう。
佐藤佐太郎は「純粋短歌論」を唱えた歌人で、自身、韻律に関してはきわめてストイックな姿勢を明らかにしてきました。

――本当は短歌に於いては字余りとか字不足といふ事さえもなく、きちんとした定形で行くのが一番よい。整然とした定形である時、短歌は最も森厳で、最も美しく、最も深いとさへ思つてゐます。

佐藤佐太郎『短歌入門ノオト』

「きちんとした定形で行くのが一番よい」という佐太郎ですが、「本当は」と断りを入れているのも事実であり、これは認めたくないけれども破調の歌も認めざるを得ないと言っている訳であります。

しかし、字余り、字足らずという、いわば破調の歌は、〈止むを得ない場合にのみ〉認められるものなのでしょうか。まず字余りの例から見ることにしましょう。

おびただしき軍馬《ぐんば》上陸のさまを見て私《わたくし》の熱《あつ》き涙せきあへず

斎藤茂吉《さいとうもきち》『寒雲《かんうん》』

斎藤茂吉は、名歌とされる「最上川逆白波《さかしらなみ》のたつまでにふぶくゆふべとなりにけるかも」（『白き山』）で知られるように、格調の高い、韻律の張りつめた歌を作ることでも知られていますが、一方で、生涯にわたって破調の歌の多いことでも特筆すべき存在です。

先の一首は、軍馬上陸のニュース映画を見て作った一首ですが、自らの意志とは関係なく、戦争に駆り出され、無残に死ぬ運命を知ってか知らずか、おびただしく上陸をしていく軍馬に、涙を塞《せ》きかねている茂吉の感動を伝えています。名手茂吉であれば、定型に収めることもさほどむずかしくはなかったと思われますが、この一首の構成は六・八・五・八・八音と、執拗《しつよう》なまでに字余りが採用されています。特に第四句の「私の」にわざわざ「わたくし」とルビを振って字余りにしているのは、明らかに意図的な破調であることを示しているのでしょう。

茂吉は、五句のうち四句にまで字余りを採用することによって、つぎつぎと軍馬の上陸していくリズムと態《さま》、そして、それに呼応して自らのうちに沸《わ》き起こる感動を、簡単には歌い収めたくなかったのかもしれません。いまだに投稿歌には軍馬の歌が圧倒的に多く、いかにこの物言うことのない戦友に寄せる思いが深いかを感じることが多いのですが、中でも茂吉のこの一首は、字余りの韻律そのものが、作者内部の熱くせき上げる思いを雄弁に語っているという点で、軍馬の歌の原点とも言えるような気がします。

初々《うひうひ》しく立ち居するハル子さんに会ひましたよ佐保《さほ》の山べの未亡人寄宿舎　土屋文明《つちやぶんめい》『山下水《やましたみづ》』

破調といえば、かならずが挙がってくるほど、よく知られた字余りの歌です。戦後すぐの歌であり、未亡人寄宿舎という語にも時代性が色濃く残っている歌でしょう。この一首、六・十一・六・七・九音となっていて、計三十九音。こうなると元の短歌形式さえ危うくなりそうな勢いです。しかし、夫の死後を共同宿舎で健気《けなげ》に明るく生きている未亡人の、それも戦争未亡人であることは明らかでしょうが、そんなハル子さんの快活ないきいきした様子は、このはなはだしい字余りによってもたらされているに違いありません。

これらの歌が定型にきちんと収まった歌よりはるかに強い力で読者をつかむのは、作者の、破調をものともしない強い意志にあることは、明らかでしょう。定型の歌を作り慣れている私たちにとって、その定型を逸脱するときには、それなりのエイヤッという思いきりが必要になります。

私たちは、破調の歌を作るときには、定型ぴったりの歌を作るときより、いっそう、定型を意識しているのです。定型に無意識の、ただだらだらと長いだけの破調の歌は、単に〈乱調〉になっているだけです。定型を〈破る〉という意味での〈破調〉という暴力的な魅力はありません。破調は力のいる作業、力技なのです。このことを意識において、どうしても破調でしか表現できないというところまで定型を追いつめてみるという作業が、破調の歌を作る時には是非とも必要になってきます。

ヒント14 破調の効果(2)——字足らず

字余りの歌を作るときには、破調をものともしない、エイヤッという強い意志が必要で、意識した上での破調でなければ単なる〈乱調〉になるだけだと言いました。字余りの歌以上に、字足らずの歌を作るときはいっそうその覚悟が必要になるように思います。

晩夏光おとろへし夕　酢は立てり一本の壜の中にて　　葛原妙子《くずはらたえこ》『葡萄木立《ぶどうこだち》』

疾風はうたごゑを攫ふきれぎれに　さんた、ま、りぁ、りぁ、りぁ　　同『朱霊《しゅれい》』

どちらも葛原妙子の代表歌ですが、一読、字足らずの不安定さにいやでも気づかされます。一首目は、第四句が「一本の」で五音。二首目は、四、五句目が、合わせて十音しかありません。しかし、これらの歌は、字足らずが断然いい。いったい、葛原妙子は破調の多い作家ですが、なかでも字足らずの歌に印象に残る歌の多い作家でもあります。

晩夏光のなかの酢の壜《びん》。壜が立っているのであって、酢そのものが立っているとは意表をついた把握です。酢が立っているという不安定さが、四句の二音不足と相俟《あいま》って、風景がぐっと傾きそうな不安感を演出するのです。サンタマリアの歌は、近世歌謡『松の葉』中の「鱶《ふか》の餌となる、さんたまりあ」をどこかに意識していると私は思っていますが、「さんたまりあ」の歌声が疾風にきれぎれに攫《さら》われていくさまを、オノマトペのように、語の切れとして表していると感じられます。きれぎれの歌声に定型は似合わないとでも言いたげに、下句の破調、その字足らずは一首の印象をとりわけ濃くしているでしょう。

群《むらが》れる蝌蚪《くわと》の卵に春日さす生れたければ生れてみよ　　宮　柊二『日本挽歌《ばんか》』

春の日の中の、るいるいと重なるような蛙《かえる》の卵。やがてその卵の一個一個から、おたまじゃくしが孵《かえ》るのでしょう。その蝌蚪の姿までが、眼前に広がるようです。草野心平《くさのしんぺい》は「春殖」と題して「るるるるるるるるるるるるるるるるるるるるる」という一行の詩を書きましたが、蝌蚪の卵には、まことにそんな趣があります。

宮柊二は、そんな夥《おびただ》しい卵に対して、「生れたければ生れてみよ」と呼びかける。定型に収めるのであれば「生れたければ生れてもみよ」とすればいいのであって、そんな簡単なことに宮柊二が気づかないはずがありません。宮柊二は、あえて一音の字足らずを試みることによって、軽い囃《はや》し立てるような気分を出したかったのかもしれない。あるいは、生を受けることの寂しさを重ねた呼びかけでもあるのでしょうか。

秋の日に出でてとぶ黒き羽虫は朽木のうつろに戻ると思へ　　森岡貞香《もりおかさだか》『甃《いしだたみ》』

森岡貞香さんも破調の多い作家ですが、この一首は、三十二音と一音字余りになっています。しかし、読んでみると一音の差というよりは随分大きな違和感を感じ、佶屈感《きっくつかん》がある。第三句四音、第四句八音は足せば十二音で五音＋七音と同じ字数ですが、読みの上ではまったく違ったリズムを刻みます。特に「羽虫は」の四音の据わりが悪く、ここに意識は集中してしまいます。羽虫がやがては朽木の洞にもどっていくと歌っているだけなのですが、この字足らずによって、どこか禍々《まがまが》しい影さえ感じてしまうことはないでしょうか。

繰り返しますが、字余りも字足らずも、計算して作るものではありません。偶然、体のなかのリズムが字余り、字足らずを生みだしてしまうものです。しかし、それを作品として提出するか、それとも定型に直すか、それはその都度、どちらがその歌を作った時の自分の感じを的確に表しているか、それを十分に考えてから出すことが必要でしょう。そんな厳しい吟味を経た破調だけが、実際に読者へ届く効果を生みだすものと心得るべきところです。

最後に、私が意識して作った字足らずの例を紹介しておきます。結句字足らずの効果はどんなものでしょうか。

重心高き歩き様《ざま》にて歩みおりし晩夏の猫は　ふと消ゆ

永田和宏『華氏《かし》』

ヒント15 時には詞書《ことばがき》を——説明は一首の外へ

短歌は五句三十一音からなる世界ですから、その短い音数だけで表現を完結させなければならないことは言うまでもありません。しかし、いくら技術が上達しても、たかだか三十一音で言えることに限界があることは、最初からわかったことでもあります。

短歌で表現できることには限界がある。このなかなか認めたくない限界そのものについて論じられることは比較的少ないように思われます。

もっと短い俳句ではどうか。俳句では、はじめからその表現上の限界が、よりはっきりした形で意識されているのではないでしょうか。ここでは俳句論を詳しく述べることはできませんが、俳句における切字《きれじ》という方法、そして季語という装置は、いずれも詩型の限界を逆手にとって、その表現をより重層的に、より遠くまで飛ばせようとする試みであるように思われます。

ところが短歌では、俳句よりわずかに字数が多いという、そのわずかな差によって、一応どんなことでも歌える詩型であると言われることが多い。しかし、改めて考えてみれば、そんなことが可能であるはずはない。より実際的な考え方は、俳句と同じように、歌えることにははじめから限界があるのだと認識した上で、その限界をいかにこじ開けられるか、力づくでも外側へ広げてみようというところにあるのではないでしょうか。


壁《かべ》に来て草かげろふはすがり居り透《す》きとほりたる羽《はね》のかなしさ　斎藤茂吉『ともしび』

この一首、一見したところなんの変哲もない自然詠という趣でしょう。さすがに茂吉、写生が行き届いていると、アララギのお弟子さんなら言うかもしれません。草かげろうはウスバカゲロウの仲間で、透き通った羽をもった小さな虫です。電灯の光に引かれて飛んできたのでしょうか。悲しいまでに透き通った羽をもった小さな生き物への哀れの思いが感じ取られる歌と言えましょう。

しかし、実はこの一首には詞書が付いているのです。曰《いわ》く「澄江堂の主をとむらふ」。澄江堂《ちょうこうどう》とは芥川龍之介《あくたがわりゅうのすけ》のことです。芥川は『澄江堂句集』などという句集も残しており、その中の「青蛙おのれもペンキぬりたてか」などはよく知られた句ですね。芥川は茂吉の『赤光《しゃっこう》』を高く評価したことでも知られていますが、茂吉はそのことをたいへん感謝し、生前から交流がありました。その訃報を聞いて成った歌だったのです。

この詞書とセットで読んでみると、同じ一首がまったく違った様相を見せることに誰もが驚くのではないでしょうか。草かげろうは確かにはかなさの象徴でもあるでしょうが、芥川の魂が小さな生き物となって茂吉の眼前に現れ、壁にすがって羽を透かせている。私たちはごく自然にそんな読みをしてしまいます。詞書がなくても十分一首として鑑賞できるが、詞書の磁場のなかでは、表面的な情景に重ねて、もうひとつの作者の思いを感じることができる、そんな一首の構造を見ることができるでしょう。そして大切なことは、この一首のなかでは、茂吉はひと言たりとも芥川の死を悲しいという形容詞で表現しようとしていない。それどころか芥川の死という事実さえも、一首の外側へ放りだしています。たまたま目にとまった草かげろうの羽だけを歌うことで、その景物が詞書の磁場との相互作用によって、いやおうなく芥川を悼《いた》む歌として機能することを期待しているのです。その期待が見事に成功したと思われる一首です。

たましひのたとへば秋のほたるかな　　飯田蛇笏《いいだだこつ》『山廬集《さんろしゅう》』

次に蛇笏のこの一句はどうでしょう。秋の蛍という季を詠んだ句ですが、「たましひの」とはちょっと大げさではないかとも思われます。実はこの句も、茂吉と同じ芥川の死を悼んで作られた句なのです。「芥川龍之介の長逝を悼みて」なる詞書がついています。この詞書とともに読むとすれば、「たましひ」は芥川の魂、はかなく若く逝った芥川を思うとき、その魂は、たとえば「秋のほたる」のようだと言うのです。この一句で言えば、詞書がなければ解釈の行き届きかねる句であると言わざるを得ない気がします。

それではこの一句は詞書に寄り掛かった、独立性の希薄な一句なのでしょうか。詞書を俳句の外に置いて考えるならば、確かにそのとおりと言わなければなりませんが、詞書も含めて一句は成っているのだと考えれば、詞書をいかに有効に使うかが、一句、あるいは一首を立ち上がらせるためにも重要な因子であることは間違いありません。

考えてみますと、私たちは一連の作品を提出する場合に、作品には自分の名前をかならず付けますし、またタイトルを付けるというのがごく普通の提示の仕方でしょう。この名前、あるいはタイトルというものも、一首の詞書に似た性格を持っているのではないでしょうか。

そう考えてくれば、詞書とともに短歌を提出することは邪道などと言って退けられるものではなく、十七音なり三十一音なりの短い詩型を生かす方法、一首の読みをより重層的に、より深いものにするひとつの方法であると考えることもできる。

歌はある場のなかで提出され、場のなかで鑑賞されるほかないものです。名前やタイトル、詞書だけでなく、どういう媒体（新聞、雑誌、テレビなど）に発表されるか、どういう活字で何行に組まれるか、誰の作品と一緒に並べられるか、などなどさまざまの場の作用を受けざるを得ない、それが作品発表ということであります。それらさまざまの場を考慮して、岡井隆は、

——この世の中に、「場」の持つ強力な磁力からのがれえている表現は何一つないのです。

岡井　隆『現代短歌入門』

と言い、さらにもっと積極的に、

——短歌は、三十一拍の短詩ですから、「場」の力を借りないではほとんど詩として自立しえません。「場」の力と場の型を熟知しつつ、それを巧みに利用することによって、表現を賦活《ふかつ》させる作業こそ、定型短詩に固有のものということが出来ましょう。

同

とも言っています。

うつそみの骨身《ほねみ》を打ちて雨寒しこの世にし遇ふ最後の雨か

宮　柊二『山西省《さんしいしょう》』

宮柊二のよく知られた一首ですが、まったくの予備知識なしに読めば、下句の「この世にし遇ふ最後の雨か」は、やはりあまりにも大げさに聞こえてしまいます。何を大仰なと思われるかもしれ

ない。しかしこの一首には「部隊は挺身隊。敵は避けてひたすら進入を心がけよ、銃は絶対に打つなと命令にあり。」なる詞書があるのです。読者は、まずこの詞書から読むわけであり、敵に遭遇しても決して発砲を許されない挺身隊の一員としての決死の覚悟とともに、「最後の雨」を感じ取ることになるのです。詞書がないと、十分な鑑賞の届かない歌だと言ってもいいでしょう。

かきくらし雪ふりしきり降りしづみ我は真実を生きたかりけり

高安国世《たかやすくによ》『Vorfrühling《フォアフリューリング》』

高安国世の第一歌集冒頭の一首、高安の代表歌のひとつでもあります。これも未知の読者がなんらの知識もなく読めば、ずいぶん大げさな歌と感じられないでしょうか。特に下句の「我は真実を生きたかりけり」はなんて概念的なんだと、歌会などに提出されれば必ず誰か一人くらいは文句をつけそうです。しかしこの一首にも詞書があります。「早春、医科の試験準備中、永年ためらひためらひしてゐた心を遂に決して、生涯を文学に捧げることにし、父母にも嘆願し説得して、文学部に志望した。自分としてはせい一ぱいの努力で、その時の異常な興奮は数週間しづまる所をしらなかった。」と書きつけた若き高安の思いは、一連のタイトル「決意と動揺と」からもわかるように、まさに「我は真実を生きたかりけり」という非常な決心とともにあったのでした。詞書とセットになることによって、下句も浮くことなく了解されますし、上句のリフレイン（くりかえし）と音韻上の効果がいっそうきわだって、やはり名歌のひとつではないかと思われてくるのです。

私はこれまでにも、短歌は説明を嫌う詩型であるということを繰り返し言ってきました。宮柊二の歌にしても、高安国世の歌にしても、一首の背景にある複雑な事象を一首の中だけに盛り込んでしまおうとすると、どうしても説明的になってしまうでしょう。何より、どう説明しようとしても、この短い詩型の中だけでは十分な説明はできそうにもありません。

そんな短歌や俳句の表現上の必然的な制約、限界の中から生み出された一種の工夫が詞書なのだと考えることができます。説明は一首の外に追いだしてしまって、歌では自分の直接的な感動や、自分がそういう背景の中で見つけた発見、小さな具体にものを語らせようというのが詞書なのです。何より、歌が説明に堕するのを避けたいというところがポイントであるように私には思われます。

そのような位置づけとして詞書を考えれば、それを無意味に嫌う必要はありませんし、よく「歌で詞書を使ってもいいのでしょうか」と尋ねられますが、そんな問いには大丈夫ですと答えることにしています。

しかし、しかしです。詞書はできれば少なくしておきたい、というのがこれもまた長く歌を作ってきて、そして多くの歌を読んできての実感でもあります。

端的に言って、詞書が多すぎると煩《うるさ》くなるのです。歌を読むのにはリズムがありますが、詞書は順々に歌を読んでいくリズムから強制的に読者を引き離してしまうところがあります。リズムが乱されるために、作者の思いに乗っていけないという実感があります。

説明しないでも読者がわかってくれる場合には、たとえ詞書で説明したほうがいっそうよくわかってもらえると思っても、あえて説明しないという覚悟が必要でしょう。まして、作歌備忘的な文章は、厳しく切り捨てるべきです。そのような厳しい自重と慎重な自己規制のもとでなおかつどうしても必要と感じられた場合にのみ、詞書を付けるというくらいの覚悟を望みたいものです。そんな厳しい視線のもとでのみ、詞書は思いもよらない大きな効果を発揮するもので、安易な説明書きは一首にとって百害あって一利なしと思いきわめておきたいものです。

第二章

言葉を大切に

一字の重さ——助詞・助動詞

短歌が他の文芸と違うもっとも大きな点は、言うまでもなく定型にのっとって詩が表現されるということ、しかもそれがわずか三十一音というきわめて短い文字数をもって完結しなければならないという点であります。したがって、当然のことながら、一字一字の占める比重は、現代詩や、まして小説などとは比較にならないほどに大きなものであることは言うまでもありません。短歌や俳句では、たとえ一字といえども細心の注意をはらって、もっともふさわしい字句、語句を選択してこなければなりません。歌や俳句に長い訓練の期間が必要とされるのは、このような事情によるのでしょう。

「一字の大切さ」と言った場合に、どのような語句のなかの一字も大切であることにかわりはありませんが、なかでも助詞や助動詞のような、いわゆる「辞」と呼ばれる字句については、その大切さはいくら強調してもしすぎることはない。助詞や助動詞の一字によって一首の歌が死んだり生きたりする。まさに歌の急所なのかもしれません。ここではそのような「辞」を中心に話をしてみます。

入歯外し夫が笑へば欲の無き祖父に似たりとみんなで笑ふ

平成十六年七月号の「ＮＨＫ歌壇」で私が添削をした一首です。「入れ歯を外すと途端に別人の顔になり、そういえばおじいさんにそっくり、などとみんなで笑いあう。『欲の無き祖父』と言ったところがミソで、この一句でどことなく人のよさそうな祖父と夫の穏やかな顔が浮んでくる」と寸評をしました。家族団欒《だんらん》の微笑《ほほえ》ましい歌ですが、この一首で私の添削例は次のようなもの。

入歯外し夫が笑へば欲の無き祖父に似たりとみんなが笑ふ

結句「みんなで笑ふ」を「みんなが笑ふ」と変えました。この違いを考えてみましょう。「みんなで」だとその場の説明ですね。家族が集まっていて、そのみんなで笑いあったのだよという説明になります。作者はどうもその笑いの外にいて、みんなが笑っているのを観察していたような雰囲気がある。

しかし「みんなが」だとどうでしょう。〈場〉の雰囲気がまるごと生き生きと伝わってこないでしょうか。作者が外から笑いを見ているのではなく、自分自身もその場の一員として笑いのなかにまるごと入っている。この二つは実に微妙な差だと思います。しかし、微妙ではあるが決定的に違うと私には感じられる。一字の違いは、たいていこんな微妙な差なのです。日常会話では問題にもならないレベルの微差を云々しているのでしょう。しかし、そのような微差によって、私たちの感情の振幅が大きく揺さぶられたり、ほとんど反応できなくなったりもする。そこが短詩型としての短歌のおもしろさでもあり、怖さでもあるのです。

若の浦に潮満ち来れば潟《かた》をなみ葦べをさして鶴《たづ》鳴きわたる

山部赤人《やまべのあかひと》『万葉集』巻六・九一九

有名な歌ですが、この一首について斎藤茂吉《さいとうもきち》は『万葉秀歌』のなかで、つぎのように言っています。

「やはり此歌も清潔な感じのする赤人一流のもので、『葦べをさして鶴鳴きわたる』は写象鮮明で旨いものである。(略)『潟をなみ』は、赤人の要求であつただらうが、微かな『理』が潜んでゐて、もつと古いところの歌ならかうは云はない。例へば、既出の高市黒人作、『桜田へ鶴鳴きわたる年魚市潟《あゆちがた》潮干《しほひ》にけらし鶴鳴きわたる』(巻三・二七一)の如きである。つまり『潟をなみ』の第三句が弱いのである。これはもはや時代の差異であらう。」

「潟をなみ」は「潟がないので」の意味。そこに理があると言い、「理《ことわり》」はアララギではもっとも嫌うところですから、この一首を名歌と認めつつも若干の批判を加えています。

茂吉の言っていない点をひとつだけ付け加えておけば、この一首の「理」は、「潟をなみ」だけでなく、実はその前の「潮満ち来れば」の已然形との重複によるところが大きいでしょう。「潮が満ちてくると」「潟がなくなるので」と、二つのことわりが一首の立ち姿を小振りにしているように私には思える。

このように「ば」も、使うに難しい助詞です。特に「ば」が理由を明らかにして、作者の行動なり、感動なりを読者に説明しようとして使われるとき、歌は一挙にうるさく、煩しくなってしまいます。背景や行動、感情などの説明をしなくても、そこに素材として歌われたものだけで、それらに語らせるというのが、もっとも直截《せつ》に感動を手渡す方法なのです。短歌で「説明」ということを嫌うのは、この感動の直截性を信じることができないまわりくどい方法になるからなのでしょう。

瓶にさす藤の花ぶさ短ければたゝみの上にとゞかざりけり
正岡子規《まさおかしき》『竹の里歌』

以前にもあげた歌ですが、この一首における「短ければ」はどうでしょうか。このように有名になってしまうと、今さら改めて一首を検証することの難しさに直面することになりますが、茂吉が赤人に若干の疑義を呈した勇気に倣《なら》って言えば、この「短ければ」は虚心坦懐に見て、やはり私には説明臭いと響いてしまいます。歌会にでも出されれば、どんな批評が出てくるでしょう。多分、批判の声はかならず挙がると思います。

もちろんどんな場合に「ば」が許され、どんな場合にはだめなのか、そんな処方箋はありませんが、ひとつ言えることは、それが説明になると思われれば避けたほうが賢明だということでしょうか。説明は、読者への信頼感の希薄さによるものです。「ば」ということばで「理」を解かずとも、読者はわかってくれるはずだという信頼をもてるかどうか。選歌をしていていつもいつも歯痒《はがゆ》く残念なことは、たいていの場合このひとつ事に尽きます。

ふるさとの尾鈴の山のかなしさよ秋もかすみのたなびきて居り
若山牧水《わかやまぼくすい》『みなかみ』

近代短歌の祖、子規居士に対して何かを言えばもう怖いものもない、ということでもありませんが、以前からちょっと気になっていた牧水の一首。

以前に「若山牧水賞」をいただいたことがありました。牧水の生家は宮崎県の東郷町《とうごうちょう》にありますが、授賞式では東郷町の小学生たちが、牧水の歌を歌ってくれました。十数名の子どもたちが精いっぱい声を出して歌う牧水の歌は、涙ぐましくなるまで心に沁《し》みるものでしたが、必ず歌われる一首に、この尾鈴《おすず》の山の歌があります。牧水が故郷を歌ったなかでも代表歌と言ってもいいでしょう。

この結句「たなびきて居り」の「て」が気になっているところなのです。「て」は文法的には接続助詞と呼ばれる助詞ですが、ここで文法について言うつもりはありません。「て」は助詞のなかでももっともよく使われる使い勝手のいい助詞のひとつでしょう。ここでは「たなびく」という動詞と「居り」というもうひとつの動詞とを〈接続〉するために用いられており、これが名前の由来です。

私たちが歌を実際に作っている現場を思い出してみれば、この一首の結句をどう納めるかは、けっこう悩むところではないでしょうか。煩を厭《いと》わずもう一度書いてみれば、

ふるさとの尾鈴の山のかなしさよ秋もかすみのたなびきて居り

とするか、

ふるさとの尾鈴の山のかなしさよ秋もかすみのたなびき居たる

などとするか、一度は考えるのではないでしょうか。もちろんこの名歌を添削する気は毛頭ありません。しかし、しばらく考えたあとで、やはり私も「たなびきて居り」のほうにするだろうと思います。

しかし、投稿歌などには得てして、音数を整えるためだけに、動詞と動詞のあいだに安易に「て」を入れている例が多いので気をつけたいところです。


君が賜びし夏目漱石一冊を雨の日に読む小さき活字を

もう一度、「NHK歌壇」（平成十五年十一月号）で私が添削をした例を挙げてみます。ここで私が直したのは、一字だけ。結句の「を」を削ったのでした。「君が賜びし夏目漱石一冊を雨の日に読む小さき活字」として読み較べてください。初出では「ちいさき活字を」と読み、添削例では「ちいさき活字」と読むのでしょうが、初出のほうが丁寧な表現になっています。「雨の日に読む」という第四句を受けて、「活字」はその目的語ですから、「を」という目的語を表す助詞を付けておくのが文法的には正しい。しかし文法的に正しいということと読んで煩しいということとは別です。

しかも、「小さき活字を」とやると第五句は第四句に吸収されてしまいます。その結果、一首の力が急に弱くなってしまう。ただ読んだということだけしか残像として残らず、「何を」という大切なものが意識の表層から隠されてしまいます。「小さき活字」と「を」を省くと、結句が倒置法として独立して、「小さき活字」のイメージが立ちあがり、印象が強くなるわけです。

これは「を」を省いたほうがいい例でしたが、次の一首はどうでしょうか。

黒潮の流るる海の彼方より海を持ち上げてのぼる太陽　　黄　得龍

「京都新聞」の歌壇で私が選をしているなかの一首。台湾から投稿される作者です。この第四句に注目したいと思います。「海を持ち上げてのぼる」。この「を」はどうでしょうか。「海持ち上げてのぼる太陽」としたほうが音数的には破調にならずに、読みやすい。しかし、私はこの場合は、あえて「を」を入れて破調にしたことによって、のぼる太陽の力強さがぐんと出たと思い、そのように寸評に書きました。

破調の項でも述べましたが、あえて読み辛《づら》い破調にすることによって、その部分が読者の意識に強調され、印象が強くなる場合もあります。乱用は困りものですが、あくまで定型を意識したうえで、あえて為す破調の効果ということをも考えてみたいものです。

歌はわずかに三十一文字。一字が命取りになることが多いのです。むしろそのほうが圧倒的だと言ってもいい。提出する前には、何度も口の端に乗せてみる。読みやすいだけでなく、耳で聞いたときのイメージの立ち上がり方、読者の目で辿《たど》ったときのことばの浮き上がり方、さまざまのことを一瞬のうちに考えながら、ことばを斡旋《あっせん》していくのが作歌というものなのでしょう。

ヒント17 慣用句の逆襲

短歌で慣用句は禁物。どの入門書でもくり返し言われる基本中の基本と言ってもいいでしょう。だいたい、仕事をやめてから歌をはじめた男性にもっとも多い病弊がこの慣用句の多用であると、私はかなり独断的に思っています。男社会はある意味で慣用句の世界であり、世に流通している、誰《だれ》もが認める表現で用を足している。そのほうが効率的で、かつ安全である。そんな男社会（あるいは村社会と言ってもいいかもしれませんが）にどっぷりと浸《つ》かってきた男たちが、歌を作りはじめたとして、なかなか慣用句の呪縛《じゅばく》から抜けられないとしても無理のないことでしょう。

大野晋《おおのすすむ》、丸谷才一《まるやさいいち》、大岡信《おおおかまこと》、井上《いのうえ》ひさしが共同で読者のいろいろな質問に答えている『日本語相談』（朝日新聞社）というおもしろい本があります。その中で、井上ひさしが「紋切り型をどう思いますか」という質問に対して、おもしろい回答をしています。「正直に申しますと、すくなくとも私は紋切り型表現の支持者の一人です」と言い、〈日常生活における〉紋切り型表現の有用性を説いていますが、その最後につぎのような発言がみられます。

――ところが、こういう強固な約束事で縛られて固定しかかっている人びとのものの見方を変えようと努力する者たちがいます。その代表がいわゆる文学者たちで、コトバは社会の約束事でもあるという大原則をあくまで尊びながら、新しい約束事＝紋切り型をつくり出そうと苦心しているのです。そのためには、古くて、強くて、固定しつつある紋切り型ができるだけ多くあった方がいい。その方が仕事はしがいがある。私はそのように考えています。

『日本語相談』

慣用句とは、「二つ以上の単語がかならず同じような結びつきかたをし、全体が固定した意味を表わすようになったもの」と定義されます。慣用句、紋切り型、ことわざはそれぞれ違うもので、ここでその違いを言いはじめると枚数が足りませんが、ここではそれらを一緒くたに考えることにしておいて、たとえば岡井隆《おかいたかし》の次のような一首のおもしろさは、紋切り型の逆用にあることは確かでしょう。

きのうの敵は今日もなお敵　頰《ほ》をはしる水いたきまで頰を奔《はし》らしむ

岡井　隆『朝狩』

「昨日の敵は今日の友」あるいは「昨日の友は今日のあだ」などとも言ったりしますが、いつも味方であったり、永遠に敵であったりする友人などはないのだヨ、というのが、その通常の意味。そんな固定観念を、岡井隆は逆用してみせた。いやいや、昨日敵であった奴《やつ》は、やっぱり今日も敵なんだ、と苦い思いを嚙《か》みもどしながら、顔を洗っている。そのはずし方、そこに井上ひさしの言う「ものの見方を変えようと努力する者たち」としての、歌人の意味はあるのでしょう。

つねに敗者の立場に立ちし言説をいやしきものとこの頃おもう

小高《こだか》　賢《けん》『家長』

上句「敗者の立場に立ち」も、ある意味では慣用的な用法です。勝者や敗者の立場に立つ、などと言っても、そんな実際の「場」があるわけではありませんが、それでもなんとなく納得するのは、慣用として定着しているからでしょう。自分を敗者の側に置いて、そこから恨みや僻《ひが》みを底に潜ませた主張や言説をする。一見、無理からぬそのような言説に対する率直な疑義を呈している歌です。大切なところは、そのような立場を攻撃しているのではなく、かつては共感し、同情していたそのようなもの言いを、「いやしきものとこの頃《ごろ》おもう」ようになってきた〈我〉というものに対する思いを述べているところにあります。

歌はただ此の世の外の五位の声端的にいま結語を言へば

岡井　隆『鵞卵亭《がらんてい》』

むずかしい歌ですが、「端的にいま結語を言へば」というフレーズのインパクト、これがすべてであると言ってもいいかもしれません。この「端的に……言えば」という慣用的用法が、少しもその通常の用をなしていないところに、この一首のおもしろさはあります。つまり、上句の難解な感想は、すこしも「端的」ではない。結句のあとの、深い淵《ふち》に立ちながら読者は途方に暮れて（おっと、これも慣用句！）しまうほかはないのです。そこがこの歌のおもしろさでもある。

雨の谿間《たにま》の小学校の桜花昭和一けたなみだぐましも

岡井　隆『マニエリスムの旅』

「昭和一けた」も詩語としては思い切った用法です。俗語というべきですが、これが歌の中に定着するのはなかなかむずかしい。しかも「なみだぐましも」などと、これまた俗な感想で一首をまとめています。これがしかし愛誦《あいしょう》性と懐かしさを感じさせるのは、上句の畳みかけるようなリズムが、与《あず》って大きな力を発揮しているのでしょう。

慣用句は避けるべきです。まずそれが大切です。しかし、避けるべきだからこそ、それをうまく逆用できたときは、思わぬ大きなインパクトを発揮することもある。慣用句は、それに乗っかってしまってては駄目なのです。その慣用的な使われかたに、あえて挑戦してみる。そこにしか意味はありません。満を持して(おっと、これも!)、思い切った慣用句の傑作をものしてみるのも歌作りの醍醐味《だいごみ》かもしれません。

ヒント18 俗語の迫力

藤原定家《ふじわらのさだいえ》の大切な歌論書に『毎月抄《まいげつしょう》』があります。そのなかの有名な一節。

――申さば、すべて詞《ことば》に、あしきもなくよろしきも有るべからず。たゞつづけがらにて、歌詞の勝劣侍《はべ》るべし。

藤原定家『毎月抄』

言葉というものはそれ自体、いい言葉も悪い言葉もあるものではない。ただ、言葉と言葉が、歌のなかでどんなふうに続けられているか、その「つづけがら」が大切なのだ、と言っています。どんな言葉でも恐れずに使えばいいのだ、と読み替えることができ、積極的に言葉を増やせという激励ともとれそうです。ところが、その定家が、実は同じ書の中で次のようにも言っているのです。

――すべてよむまじきすがた詞侍るなり。よむまじき姿詞といふは、あまりに俗にちかく、又おそろしげなるたぐひを申し侍るべし。

同

これはどうしたことでしょう。どんな詞でもどんどん使いなさいと言っていたかに見える定家でも、俗な言葉は使うなと言っている。古来、歌にはいわゆる歌言葉、雅語《がご》が好んで用いられてきましたし、近代以後、現代においても俗な言葉が歌に持ち込まれるのは嫌われます。歌会などでも「それは俗語だから」という批評がよく聞かれます。

歌に俗語が入り込むことは基本的には避けるべきことです。いったん俗語の塵《ちり》を払い落として、その上で自分の心情をもっとも端的に表現できる言葉を探そうとする、そこに定型短詩を選ぶ意味と醍醐味《だいごみ》があるからです。

しかし、ということをここではお話ししたい。俗語は避けるべきであるが、避けるべきものだからこそ、うまく取り入れられれば、誰もが歌言葉として使っている言葉だけでは得られない迫力がもたらされる場合がある。

金輪際《こんりんざい》なくなれる子を声かぎりこの世のものの呼びにけるかな　　木下利玄《きのしたりげん》『紅玉《こうぎょく》』

金輪は、風輪《ふうりん》、水輪《すいりん》、土輪《どりん》などとともに、世界の相をあらわす仏教用語です。世界のもっとも深いところに金輪があり、その金輪の際《きわ》、無限に深い世界の涯《はて》を意味します。しかし、日常私たちは金輪際何々しない、などとよく使っていて、すでに俗語と言ってもいい言葉でしょう。こういう言葉を歌に持ち込むのはなかなかに力技なのですが、利玄のこの歌は、金輪際にその悲しさがあります。

子が急病で亡くなる際、妻が泣き叫んでいる歌ですが、世界の涯に行ってしまうという思いと、もう金輪際会えないという気持ち、それが重なりあいつつあるからこそ、妻の悲壮な叫びを「この世のものの呼びにけるかな」とする表現が生きてくるのでしょう。所詮《しょせん》「この世のものの」呼びかけは、金輪の向こうに行ってしまうわが子には伝わらない、そんな読みを導いてくれます。日常なにげなく使っている「金輪際」という言葉が新しく洗い直されるような気がします。

みづうみに水ありし日の戀唄をまことしやかに彈くギタリスト　　塚本邦雄《つかもとくにお》『水葬物語』

塚本邦雄は現代短歌に表現の一大変革をもたらし、前衛短歌を確立した革命家ですが、塚本のあまり言われない功績のひとつに俗語の導入ということがあると私は思っています。第一歌集から最近にいたるまで、塚本歌集にはいたるところに俗語がちりばめられています。「まことしやかに」などは、古典和歌は言うにおよばず近代短歌でも用いられたことはなかったのではないでしょうか。こんな言葉を歌に持ち込めば、十中八九失敗します。しかし初めてこの歌を読んだとき、こんな言葉を使っていいのかと、目を見張《みは》ったのをよく覚えています。

はがれやすき日暮の影がともすれば比喩的に血を流しいたりき　永田和宏『メビウスの地平』

塚本の一首に刺激されて、むかしこんな一首を作ったことがありました。「ともすれば」が言いたかっただけの歌かもしれません。

宅配の荷をぞんざいにおろしたる男の顔をちゃんと見ておく　竹山《たけやま》広《ひろし》『千日千夜』

竹山広は格調の高い歌を作る歌人ですが、ときにこんな歌も作ります。この一首では「ぞんざいに」、そして「ちゃんと」。いずれもまことに日常ありふれた言葉に違いありませんが、「おー、よくこんな言葉を使った」と誰《だれ》もが驚くのではないでしょうか。まことにぞんざいに荷を投げ出すように降ろした男、その顔を「ちゃんと見ておく」と言った口吻《こうふん》には、ただならぬ怒りが感じられます。

甥二十歳ひょっこり来ては手を握り頬摺りなどしてすぐに帰りぬ　冬道麻子《ふゆみちあさこ》『五官の束』

冬道麻子は、進行性筋ジストロフィーを九歳で発症して以来、もう三十年以上をベッドの上で生活している歌人です。新しく出た第四歌集『五官の束』の帯に、大岡信氏は「悲しみも不安も味わいつくした半生だろうが、彼女の歌はその健気《けなげ》な向日性《こうじつ》そのものによって、読む人の胸に深く沁《し》みる」と言っていますが、自らの病を健気に生きるひとりの歌人の深い思いの沁みいるような歌集です。

生まれた時からベッドに見ていた甥《おい》。それが二十歳《はたち》にもなり、時折「ひょっこり来ては」悪びれることなく手を握り、そして頬摺《ほおず》りをして帰っていくというだけの歌です。しかし、そのぶっきらぼうな甥の所作が作者にはなによりの温かい行為であることは言うまでもありません。飾ることのない日常語ならではの味わいではないでしょうか。

ヒント19 口語のインパクト

短歌は文語定型で作ることを基本としています。いくら定型をはみ出しているように見えても、そのはみ出しは、あくまでもはみ出しなのであって、最初から定型を意識しないでなされる非定型とは根本が違います。

同じように、文語で作られるべき短歌に口語が交じっていたとしても、それはあくまでも文語を意識しながらの口語であるという点がとても大切です。前に、定型があるから、字余り・字足らずといった破調の歌が迫力をもつ場合があることを言いましたが、同様に、短歌はあくまでも文語定型で守られているゆえにいっそう、たまたま出くわした口語に強いインパクトを感じさせられてしまうことも多くあるのです。

マッチ擦るつかのま海に霧ふかし身捨つるほどの祖国はありや

寺山《てらやま》修司《しゅうじ》『空には本』

寺山修司の代表作です。典型的な文語定型の一首で、ビシッときまった格調の高さは一読誰にでも納得できるところでしょう。戦後という時代を生きる若者にとって、祖国とは何か、戦うとは何か、生き甲斐とは何か、などさまざまの問題を提示しているようです。寺山は「ありや」と、疑問の中により強く否定を匂わせ、これは疑問というより、反語といったほうがいいでしょうか。「身捨つるほどの祖国」という点が大切で、この問は近代以来多くの日本人が抱え続けてきた問題でもあるでしょう。

この一首のなかで、とくに結句の「ありや」の文語文体が決定的に重要であることは、「あるだろうか」などという口語に置き換えてみれば言わずもがなのことでしょう。

滝を落つるげにうつくしき蝶の羽根雷雨は誰の言葉であるか
山田富士郎《やまだふじろう》『アビー・ロードを夢みて』

美しい歌です。滝に沿って蝶が落ちるように舞い降りてくるのでしょうか。蝶がではなく、「蝶の羽根」が落ちてくるのだという特定の仕方が視線の強さを感じさせています。下句「雷雨は誰の言葉であるか」という問いかけには、しかし寺山のような圧力はもちろん意図されていません。もっとゆったりと雷雨に思いを遊ばせるといった風情でしょうか。ここで「あるか」は、文語ではないけれど、口語というのともちょっと違う。言ってみれば、書き言葉としての口語といった位置づけ、その微妙さが、一首の若々しさと照応しているようです。

「嫁さんになれよ」だなんてカンチューハイ二本で言ってしまっていいの
俵《たわら》万智《まち》『サラダ記念日』

「酔ってるの？　あたしが誰かわかってる？」「ブーフーウーのウーじゃないかな」
穂村《ほむら》弘《ひろし》『シンジケート』

もっと若い世代になると、これはもう純然たる口語と言ってしまっていいでしょう。もちろん書き言葉ですから、俵万智の一首にしても、本当の話し言葉とはちょっと違いますが、穂村弘の一首ではもう間違いなく話し言葉そのもの、しかも、括弧《かっこ》付きの話し言葉だけで一首が成り立っているという目覚ましい例ということになります。「言ってしまっていいの」「あたしが誰かわかってる？」

などの疑問は、もう疑問という堅苦しい定義を越えて、もっと緩やかな話の展開のなかの一フレーズになっているかのようです。

「言ってしまっていいの」が「言い切りてよしや」「言いてもよきか」などとなっていたら、いっぺんに酔いもさめてしまって、襟《えり》を正さざるを得ないことでしょうが、そして、「ごめん、今のは撤回！」などということになってしまうのでしょうが、ここでは口語の、しかも話し言葉のテンポのよさが軽い若者の会話を彷彿《ほうふつ》とさせます。

さて、いつものように、どういう場合に口語がよくて、どんな場合は文語であるべきか、などという規則やノウハウはまったくありません。頼りは、自分の勘、あえて言えば語感、リズム感、そしてその歌の場の雰囲気というところでしょうか。大切な点は、短歌はあくまで文語定型を基本としている。破調であったり、口語であったりするのは、あくまで一回限りの冒険としてのみあるべきであって、だらだらと口語ばかりが並んでいては、いっこうに迫力もインパクトも出てこないということを肝に銘じておくことだろうと思っています。

ただここで私があえて「口語のインパクト」として口語を問題にしたのは、投稿歌を見ていると、どんな場合でもみんなが固い文語ばかりで押し通していて、もう少し軽やかな口語がどこかに交じっていればずいぶん選歌の時でも目立つのに、と、惜しく感じることが多々あるので、ハウツーものを書くのではないという姿勢を少しだけ緩めて、一度その功罪についても書いてみようと思ったわけです。

最初にあげた寺山修司の疑問（反語）のごとく、結句の疑問形が文語以外には考えられない例を次に少しあげてみますが、これは年齢の問題ではなく、あくまでも歌の内容とその歌の場が必然的に引き寄せてきた文語文体であります。

右霊安室左リニヤック室いたはられ左にまがるいつの日までぞ　上田《うえだ》三四二《みよじ》『鎮守』

辛くして我が生き得しは彼等より狡猾なりし故にあらじか　岡野《おかの》弘彦《ひろひこ》『冬の家族』

日なたにて干し柿くひぬ干し柿は円谷幸吉の遺書にありしや　小池《こいけ》　光《ひかる》『日々の思い出』

ヒント20　言葉の鮮度

ぽんと腹をたたけばムニュと蹴りかえす　なーに思っているんだか、夏　俵　万智『プーさんの鼻』

まっすぐに怒るあなたを背中から毛布をかけるように愛した

おまえにはじいちゃんがいる背を曲げて肩車してくれるその人

ブーケトスおどけてキャッチする我の中で何かが泣きそうになる
歌おうよぴっとんへべへべ春の道るってんしゃんらか土踏みしめて

俵万智の歌集『プーさんの鼻』はいい歌集だと思い一気に読みました。一巻は、子を得て明るく、華やいだ雰囲気が感じられますが、その明るさの中にあって、これまでの俵万智の歌集のなかではもっとも悲しい歌集ではないかと思って読みました。明るさの中に、抜き難く、あるいは奥深く漂っている悲しみの感情は、不意打ちを喰らったように新鮮でした。掲出歌がなぜ悲しいかは、一巻全体の流れの中で読んでもらわないとわからないところですが、俵万智の新しい世界と感じられたものです。

俵万智は口語派歌人の代表としてデビューし、現在も口語の歌を多く作っていますが、その口語は、慎ましさの中に息づいている口語という佇《たたず》まいで、そこに好感がもて、また嫌みなく読者になじむように受け入れられる理由でしょう。

胎児を詠んだ歌はこれまでにも多くありましたが、蹴り返す子に向って「なーに思っているんだか」と呟《つぶや》いた母は、これまでになかった。恋人に話しかけるような口調でお腹の子供に呟いた言葉として、とても新鮮に感じられたことでした。

あげた歌はどれも好きな歌でしたが、最後の一首には笑ってしまいました。オーそーか、同じ番組が贔屓《ひいき》なんだと、ちょっとうれしくなったのでした。「ぴっとんへべへべ、るってんしゃんらか」

は、ＮＨＫ教育テレビの朝の番組「にほんごであそぼ」の中で歌われる、どうにも覚えられない、おもしろい歌の一節なのです。俵の一首は、この歌を、春の道で、土を踏みしめて歌おうよという多分に気分的な歌ではありますが、あの不思議な意味不明の歌をそのまま取り込んだところが私にはとてもおもしろかった。

鮮度のいい言葉とは何か。むずかしいと言うべきで、答はありませんが、ひとつ間違いなく言えそうなことは、実感からつかんできた言葉は、それがたとえ口語であっても、エイヤッと使ってしまうことでしょう。お行儀のいい、由緒正しい言葉、誰もが納得してくれそうな言葉、そんな謂《い》わば静的な、もうそれ自身に走り出す力の残っていないような言葉ではなく、自分がつかんできただけでまだ市民権は得ていないけれども、ちょっと箍《たが》を緩めると自分で歩き出しそうな言葉を、オノマトペと同じように、「エイヤッと」使ってしまうことが大切だと私は思っています。

最後に私自身が若いときに、結構冒険だと思いながら、まあいいやと思い切って出した記憶のある一首をあげておきたいと思います。いまだにいろんな解釈の分かれている歌でもあります。

あの胸が岬のように遠かった。畜生！　いつまでおれの少年

永田和宏『メビウスの地平』

ヒント21 言葉遊びの歌

ＮＨＫのＥテレ（教育）に「にほんごであそぼ」という番組があり、けっこう気に入って見ています。ＫＯＮＩＳＨＩＫＩ（元大関の小錦関）と子どもたちの取り合わせがおもしろく、小さな子どもたちがまわらぬ舌で「白浪五人男」や「金色夜叉」を演じたり、「平家物語」の祇園精舎のくだりを暗誦《あんしょう》したりするところに、言葉を覚えはじめた頃の原点のような雰囲気があって、いい番組だと思って見ているのです。

まったく意味など理解しているはずはないのですが、五、六歳の子どもたちが「論語」を暗誦しているのはいいことだと思わない訳にはいきません。

これと反対のことを行っているのが今の国語教育ではないでしょうか。これはいささか暴論かもしれませんが、一端を言えば、小学唱歌。明治四十三（一九一〇）年に小学唱歌となった、宮原晃一郎《みやはらこういちろう》作詞の「われは海の子」が教科書から外されました。理由は、その中に出てくる「とまや」が小学生には理解できないからと聞いたことがあり、ア然としました。

われは海の子、白浪の
さわぐいそべの松原に

煙たなびくとまやこそ
わがなつかしき住みかなれ

典型的な七五調の文語詩ですが、この「とまや」。たぶん、どの小学生も理解できないでしょう。しかし、「苫屋《とまや》」など理解できなくても構わないのです。意味は知らなくても、知らないままに歌っている。歌うなかで歌詞を自然に覚えていくことでしょう。そして何年か経って、「見わたせば花ももみぢもなかりけり浦のとま屋の秋の夕ぐれ」という藤原定家の歌に出会ったとき、ああ、あの「とまや」はこれだったのかと思い当たる。言葉とはそのようにして覚えるものではないでしょうか。そういう時にこそ、本当の言葉との出会いがあるのではないでしょうか。

言葉はそのように耳から自然に入って自分のものになる。子どもが言葉を覚えるときの自然な形です。正岡子規が五歳から、祖父の小原観山に漢文の素読をさせられた話は有名ですし、近くは物理学者の湯川秀樹《ゆかわひでき》も幼い頃、やはり祖父から漢文の素読を強制され、後年、それがいかに自分の思索に、それも科学における思索にプラスになったかを語っていました。

理解できないから教えないというのはまったく思考回路が逆であり、これでは国語が亡びてしまいます。理解できなくてもいいものは教え込む、まずそれこそが大切なのではないでしょうか。ついでに言えば、暗記させることの重要性も、今は皆んながあまり言わなくなりましたが大切な作業であろうと思っています。歌で言えば、名歌を覚えること、これも言うまでもなく大切なことです。

思わず悲憤慷慨《こうがい》調になってしまいましたが、そんなむずかしいことを言おうとしているのではなく、気楽に日本語で遊んでみるのも、歌の健康管理にとっては案外いいのでは、というくらいのつもりです。

翳りつつこころの秋を遁れゆく　愁とは火を擦りきたる風

永田和宏『メビウスの地平』

昔こんな歌を作ったことがありました。若さと観念性がもろに出ていて、あまりいい歌ではありませんが、ちょっとしたいたずらが隠されています。秋の愁いがテーマではありますが、その愁という字には「こころの秋」が隠されています。そして秋にまた火が隠されている。そんな一つの漢字にこだわった歌でした。しかし、いたずらと言うのは、誰かが見つけてくれなければおもしろくはない訳で、この一首についてはついに自分で種明かしをするまで誰も気づいてくれなかったのは残念なことでした。

この一首の種明かしをすると、すぐに三好達治《みよしたつじ》に思い及ぶ人もいることでしょう。

「海よ、僕らの使ふ文字では、お前の中に母がゐる。そして母よ、仏蘭西《ふらんす》人の言葉では、あなたの中に海がある。」とは、三好達治の「郷愁」の中の有名な一節です。確かに「海」の中には「母」がいる。一方、フランス語では「la mère 母」の中に「la mer 海」があるというのです。詩人の機知ではありますが、この一篇を読んで以来、海と母とが分かち難くひとつのイメージとなってしまったという方も多いはずです。
もう一首、私の歌を引用させてください。

うきくさは水に平の草と書くうきくさゆまろき口あらわれぬ　永田和宏『饗庭《あえば》』

この歌は自分でもわりあい気に入っている一首ですが、種明かしは浮き草の漢字にあります。浮き草は「萍」とも書きますね。この「萍」一字を分解すれば、「水に平の草」となる。この一首の少し前に「萍の吹き寄せられている岸に嘆き言いしはなべて忘れき」という一首も置いているので、このいたずらは誰にも理解しやすかったはずです。

戀という字を分析すれば、いと（糸）しいと（糸）しとい（言）う心、
櫻という字を分析すれば、二階（貝貝）の女が気（木）にかかる

などは、よく知られた戯れ歌ですが、こんな歌にも、字に対する人々の興味のありようが偲《しの》ばれます。最近も新聞歌壇の投稿歌に「戀の文字深読みできる齢なるこゝはやっぱり恋ではないと」という歌がありました。

ルーペ二つそれでも見えぬ辞典の字どうにかならぬか鬱という文字
木缶《かん》木ワ米《こめ》コヒ三《さん》と書けばそう難しくない鬱という文字

「鬱《うつ》」などという字も、その書きにくさから皆んなが興味を持つものらしく、「鬱」の字を詠んだ歌にはわんさとお目にかかることになります。一首目は、どうしても読めない鬱の字をおもしろがり、二首目では自分なりの覚え方をおもしろがっています。

ひら仮名でだって遊べるのです。ちょっと調べる時間がないので、今回は厚かましく自作ばかりを披露することになりますが。

眠りいる猫の〈の〉の字の無為無策、無力を楯としてこののちは生きむ　永田和宏『やぐるま』

睡る猫の〈の〉の字がおもむろに背のびして〈へ〉へ移るまでの退屈　同『華氏』

どちらも説明の要はない歌でしょう。これらは別段何が歌いたいというよりは、猫の姿態のおもしろさをひら仮名で遊んだというところでしょうか。

こんないたずらにどんな意味があるのかと詰め寄られても困りますが、歌はいつもいつも真面目で窮屈なものだけではない。そして、いつもいつも自分の心を深く見つめて歌うものだけが歌ではない、くらいに気安く思っておくことも必要ではないかと思うのです。漢字を見ていたら、ふとその一字からイメージが飛んだり、想像が膨らんだりすることもある。それだって立派に〈詩〉だと思うのです。

凧《いかのぼり》　凩《こがらし》　凪と記しゆき天なるもののかたちさびしき　山中智恵子《やまなかちえこ》『青章』

二〇〇六年に亡くなった山中智恵子は個人的にも思い入れの強い歌人でありましたが、山中の一首としてこの歌は忘れられないものです。冬の空、そこにあるものとして山中智恵子は凧、凩、凮を思い浮かべました。凧はさすがに「たこ」と読んでは身も蓋《ふた》もありませんが、「いかのぼり」と読まれると、蕪村の「几巾《いかのぼり》きのふの空のありどころ」などを彷彿《ほうふつ》とさせ、それだけで雰囲気が出てきます。「かたちさびしき」と歌う形とは、凩にも凮にも形はあるはずもなく、それぞれの漢字の形がまずあり、それに誘われるように冬空を思い浮かべると、なるほど形あるものも、形なきものも、それぞれの形が思われてさびしいと感じられるのでしょう。とても好きな、いい歌です。

山中智恵子の一首からは、江戸時代の『小野篁《おののたかむら》歌字尽《うたじづくし》』を思い浮かべる人もあるかもしれません。漢字学習のために、漢字を和歌形式で覚えさせようという本です。たとえば冒頭にはこんな例があがっています。「椿榎楸柊桐」。すべて木偏の文字ばかりを並べたのですね。一行に書かれたこの文字の下に、この読みが記されています。この一行の読みは、「春つばき夏はゑのきに秋ひさぎ冬はひひらぎ同じくはきり」となります。こんな例が延々と続きます。まあ、実際に役に立ったかどうかは別として、江戸初期（一六六二年）から後期にいたるまで版を重ね、またいろいろな類似本が出たといいますから、結構人気はあったのでしょう。

山中智恵子は部首として「几（つくえ）」を並べたわけですが、他にも凪や鳳、凰などもなかなか不思議な雰囲気をもった字と思えます。寿司屋などに行くと湯飲みに魚偏の漢字がびっしりと並んでいることがありますが、これなども江戸時代に「魚字尽」として出ていたのだそうです。漢字、あるいは文字に対する興味は、今も昔も変わらないものがあるということを実感させてくれます。

これらは一種の言葉遊びには違いありませんが、言葉遊びの極まったものとして、回文歌をあげて見てもいいかもしれません。よく知られた例に、次の一首があります。もうさすがにこんな風習も廃れてしまったのでしょうが、いい初夢を見ようと、宝船を書いた紙の裏に次の一首を書き、枕の下に敷いて寝ると言うものです。

なかきよのとほのねふりのみなめさめなみのりふねのおとのよきかな

五句三十一音全体で回文に仕上げるというウルトラC級（これは古いか！）の技巧でしょうが、漢字で書くと、

長き夜の遠の眠りの皆目覚め波乗り船の音の良きかな

となって、比較的無理が少ない例と言えましょう。もちろん回文短歌はほとんど成功例が見られませんし、あえてそのようなものに挑戦する必要はまったくありませんが。

しかし、こういう言葉遊びは、和歌でも多く試みられてきました。物名《もののな》、折句《おりく》などすべてそのような言葉遊びです。言葉遊びなどはけしからぬと目くじらを立てるよりは、古典和歌から連綿と続いている歌の楽しみのひとつとして、そんな遊びに心を止めてみるのも、「心を歌わなければ」と

いった自家中毒から、自分の歌を解放してやるのに、時には（あくまで時にはですが）いいのではないでしょうか。

ヒント22 滞空時間の長い歌――和語・漢語そしてひらがな

私は以前に「滞空時間の長さということ」という文章を、私の所属する「塔」という雑誌に書いたことがあります（平成十六年二月号）。同じ三十一音という長さでありながら、一首を読んでいくとき、あっという間に読み終わったと感じる歌もあるし、一方で、三十一音という空間が、どこまでも長く感じられる歌もある。どこにその違いを生みだす仕掛けがあるのだろうかを考えたものでした。

そうして最近、佐藤佐太郎《さとうさたろう》の歌論書に「のろいことば」というおもしろい表現があるのを目にし、なるほど同じことを考えていたのだとうれしくなったのでした。もちろん佐太郎のほうが、はるか以前にそれを述べていたのですが。

――短歌を作るのは、つまりは、それぞれの人が内部にある声をことばとして詠嘆するのである。

それだから、現わそうとするもの（対象）に対して、ことばは最短距離を走るのでなければならない。ことばは、よけいな修飾をしたり、まわり道をしないのがいい。

そのように、短歌のことばは最短距離を行く直接性が要求されるのだが、それでいて、しかも、ことばはゆっくりとしてのろくなければならない。短歌は五句三十一音の形式にしたがって、めいめい思い思いに作るべきものだが、そういう表現の根本になるものが、ひとつある。それはことばをのろく使うということである。

佐藤佐太郎『短歌作者への助言』

佐太郎はむずかしい注文をしています。ことばは対象との間の最短距離を走らなければならない。よけいな修飾やまわり道をしないで、しかも、ゆっくりとのろくなければならない。魅力的なフレーズですが、実際に歌を作っている身としては、言うは易く行うにむずかしいことは誰もが実感するところではないでしょうか。しかし、佐太郎が「そういう表現の根本になるものが、ひとつある。それはことばをのろく使うということである」とまで言い切っているところに、私はあらためて、佐太郎という歌人の、歌の本質への正確かつ的確な視線を感じるのです。

佐太郎があげている例として正岡子規の歌を紹介しておきましょう。

榛《はん》の木に烏芽を嚙《か》む頃なれや雲山を出でて人畑《はた》をうつ

若松の芽だちの緑長き日を夕かたまけて熱いでにけり

正岡子規

前の歌は短歌革新運動にかかわっていた初期の歌、歯切れはいいが、ぽつぽつ切れて、一首がすぐに終わってしまう気がします。一方で晩年に作られた二首目の歌では、同じ三十一音でありながら、実感として読みに要する時間はずっと長く感じてしまう。

そして私も佐太郎と同じく、できるだけゆっくりと読み終わるような歌を作りたいと思うのです。どうしたらそんな歌が作れるか。例によって、どうしたらなどという定石があるわけではもちろんありません。しかし、歌を読む時間が長く感じられる理由はいくつか考えられるかもしれない。そんな論考を先の評論ではしておいたのですが、ここではその中で、和語・漢語、そしてひらがな表記の問題を取りあげてみることにします。

漢語とは本来漢民族のことばですが、和語に対して言う場合は、日本語を漢音《かんおん》、呉音《ごおん》など漢字の字音で表記したものを言います。もともと中国で用いられていたものを日本語の中に借用したもの、あるいは和語に漢字を当てて音読したものなどがあります。それに対して和語はいわゆる大和ことば。ちなみに「和語」という表記自体は漢語で、「大和ことば」と言えば、これは和語になります。

こんな辞書的な話をしていてもつまらないので、例をあげてみましょう。日本語では時間を表すことばの種類が多いと私は感じていますが、たとえば短い時間を表すことばとして「瞬間」ということばが思い浮かびます。これは漢語ですが、同じことを和語で言うとどうなるでしょう。「またたくま」というのがそれに当たります。「またたくま」とは、文字通り瞬きをする間という意味で、なんのことはない、漢字で書けば「瞬間」とまったく同じ。

道化師の沈黙ふかき瞬間に嗚咽したりきわれひとりのみ
坪野《つぼの》哲久《てっきゅう》『北の人』

坪野哲久のこの一首では、「道化師」「沈黙」「瞬間」「嗚咽《おえつ》」というそれぞれ漢字で書かれたことばはいずれも漢語です。漢語がならぶことによって、一首に駆けるようなリズムが生まれ、上句から第四句までは一気に読みくだすことになります。その速足のリズムが結句に至って、急にぐっと抑えられ、くぐもるような「われひとりのみ」という詠嘆に収束するところにこの一首の醍醐味《だいごみ》があるのでしょう。道化を演じている舞台の一人に、一瞬沈黙の時間があった。それに思わず嗚咽してしまったのは、自らの内部にも道化師と同化してしまうような精神の陰影《いんえい》が濃く存在していたからなのでしょう。

東京に降《ふ》りたる雪はまたたくま巷《ちまた》の泥《どろ》となりて解けたる
結城《ゆうき》哀草果《あいそうか》『山麓』

同じ「瞬間」という意味の語が「またたくま」とひらがなで表記されています。哀草果は雪深い山形に生まれ、農業に従事した歌人ですから、東京に降った雪が、積もるというほどもなく、たちまち解けていくのを見て、そのあっけなさにかえって感慨を催したのでしょうか。「またたくま」という和語は、瞬間という意味でありながら、どこか間が抜けていると思うまでに、のんびりとしたリズムで上句と下句を繋いでいるようです。それとともに「東京」の一語は別として、すべて和語ばかりからなっていることが、この一首にのどかな時間の推移を感じさせる要因にもなっているのでしょうか。

子を殴《う》ちしながき一瞬天の蟬　秋元不死男《あきもとふじお》『街』

短歌では「瞬間」よりも「一瞬」のほうがよく使われるようですが、ここでは印象的な俳句を紹介しておきましょう。秋元不死男の、子を打ってしまった一句。打った父親も、打たれた子も、一瞬、凍りついたように静止してしまったのでしょうか。お互いが見つめあったまま身動きもできなかったのかもしれません。打たれた子もショックだったでしょうが、打った父親のほうにより衝撃は強かったかもしれません。ふたりの沈黙の空間に、天から蟬の声だけが降ってくる。

この「一瞬」は、本来の時間の短さとは正反対に、永遠に続くかと思わせるほどの時間の長さを感じさせないでしょうか。語の意味を離れて、その短い言語空間が、どこまでも続く時間の長さと沈黙の深さを感じさせるものとして私には忘れがたい一句です。ここでは漢語としての「一瞬」の選択が成功の鍵であったことは付け加えるまでもないでしょう。

血の出口あらぬ重たきししむらを夜の湯にしづめをり外は雪　高野公彦《たかのきみひこ》『汽水の光』

先の「滞空時間の長さということ」という文章でも述べたことですが、現代歌人のなかで、一首の滞空時間がとても長いと感じる歌人は、私にとっては高野公彦と河野裕子《かわのゆうこ》が最右翼です。そのなかで、高野公彦のこの一首を和語の例として取りあげてみます。

この一首に漢語が一語も使われていないことはすぐに気づくところでしょう。特にひらがなで書かれた「ししむら」がポイントであるように思われます。一日の終わりを湯に浸かる。しかし、疲れという以上に、若者の体を駆け巡るのは、鬱屈《うっくつ》とした身熱。青春と呼ばれる一時期、「血の出口あらぬ重たきししむら」は、のっぴきならぬ切実な思いであったことを思い起こすことができるでしょう。出口の見つからぬままに、駆け巡る血の熱さに打ちのめされそうであった青春、そのまっただ中でこの一首に出あった忘れられない歌です。

特攻兵士九百八名六十年祭遺族参列五十五家族　　原田葉子

逆に漢語ばかりで、しかも漢字ばかりで書かれた一首もあります。最近、私が持っている新聞選歌欄で採った一首です。「思い切った漢字ばかりの歌。数字が大きな意味を伴って迫る。六十年という歳月は、九百八名の遺族のなかで、参列した家族を五十五組にしてしまった。老齢による参列不可、歳月による歴史の風化、さまざまのことを思わせる悲しみの歌であり、悼みの歌でもある」と評をしました。韻律や調べという要素を逆手に取り、敢えて歌らしさを放棄してなった一首ですが、これがいつも成功するかというと、むずかしい。やはり、佐太郎の言うように、歌には「のろいことば」、私流に言えば「滞空時間の長い」歌が基本であろうと思うのです。

黄のはなのさきていたるを　せいねんのゆからあがりしあとの夕闇

村木《むらき》道彦《みちひこ》『天唇《てんしん》』

私たちの若い頃《ころ》、一時代を画した村木道彦の歌は、ひらがな書きが多いことでもくっきりした特徴がありました。たとえばこの歌が、「黄の花の咲きていたるを　青年の湯から上りし後の夕闇」となっていたら、この一首の淡い淡彩画のような趣はまったく失われてしまいます。

淡い感傷と言えば確かにそうですが、ここでもひらがな書きにされることによって、一字一字ひらがなを辿《たど》っていく作業のなかで、歌を読む時間は必然的に遅くなり、一首とともにたゆたいつつ、自分もその世界に無理なく入っていけるような気がしませんか。漢字とひらがなの配置とバランスは、歌を推敲《すいこう》するときに、注意を怠ってはならない重要なポイントです。

ここではことばの選択についてあれこれ言ってきました。できるだけ滞空時間の長い歌を作りたい、そのためには和語・漢語・ひらがなだけではない、いくつかの要素がからんできます。先の文章で述べたので、今回は繰りかえしませんでしたが、それはさておき、歌を作るとき、できれば和語を大切にしたいというのが私の基本です。

特に男性歌人は、意味に偏重しがちで、意味を正確に、かつ十分に盛り込めるものとして漢語を多用しがちです。選歌欄などでは特に漢語の多さが目立ちます。漢語の使用を否定することはないのであり、現代において漢語なしに歌を作ることなどもとより不可能に近いのですが、そのなかでも、大和ことばの持つやわらかさと質感の懐かしさを大切にしたいものだと思うのです。

ヒント23

呼び名が大事――役割や関係で相手を呼ばない

日常の生活のなかで、夫婦が互いにどのように呼びあうかは、なかなかにおもしろい問題です。欧米では、夫婦が互いに名前で呼びあうことは普通ですが、わが国の夫婦、特にある年齢層以上の夫婦においては、特に奥さんを名前で呼ぶことには大きな抵抗があるようです。

一度だけ名前を呼べと妻は責む「おーい」「おーい」で片づくわれを　竹田利根雄

「おい」と呼ぶ我に仕えて四十年愛称と認め妻は応ふる　東　昭儀

どちらも新聞への投稿歌ですが、河野裕子著『現代うた景色』(中公文庫)からの孫引きです。奥さんに一度でいいから名前を呼んで欲しいと責められ、「おーい」で用は済むのに今さらと、心の内でぶつぶつつぶやいている男の様が、なんだか滑稽です。胸に手を当てて、思い当たる節のある男性も多いことでしょう。二首目の「我に仕えて四十年」はなんとも大時代ですが、いつもいつも「おい」としか呼ばない亭主に、あきらめて「はい」と応えている奥さんの心情を、亭主の側からそれなりに忖度《そんたく》しているところがなかなかおもしろい。「愛称と認め」とはしかし男の側の一方的な希望的観測で、実情はどうなのか、奥さんの言い分も聞いてみたい気がします。

夫《おっと》より呼び捨てらるるは嫌ひなりまして〈おい〉とか〈おまへ〉とかなぞ　松平盟子《まつだいらめいこ》『シュガー』

夫の側からの鈍感な呼びかけに対して、妻の側からのしたたかな対応をあげるとしたら、この一首を措《お》いてはないでしょう。短歌ならぬ痛快な啖呵《たんか》と言うべきでしょうか。メイコなどと、名前で呼び捨てられることさえ我慢ならないのに、まして「おい」とか「おまへ」などと呼ばれて、どうして我慢できようか、と言うのです。膝を打って喜ぶ女性もいれば、わが身を省みてこそこそと後ずさりをするしかない男性もいることでしょう。

松平盟子の一首からはすぐに、

夏痩せて嫌ひなものは嫌ひなり　三橋鷹女《みつはしたかじょ》『向日葵《ひまはり》』

の一句を思い浮かべることができますが、鷹女のこのきっぱりとしたもの言いは、そのまま松平盟子の言葉の切っ先につながっているような気がします。

末草指差すあなたをどう呼べばわからず日向に灼けて立ちおり　梅内美華子《うめないみかこ》『横断歩道《ゼブラ・ゾーン》』

「どう呼べばわからず」は、正しくは「どう呼べばいいかわからず」ということでしょうが、初めて恋する男性と二人きりになったとき、改まって呼びかけようとして、その呼び名に困ってしまう。誰にでも覚えのある、まことに初々しい恋のはじまりの歌と言えるでしょう。

そう、呼び名は、相手との関係を考える上でいつも気になる大事な問題なのです。これを間違えると、松平盟子の歌のように一喝されることにもなりかねない。

梅内美華子の歌では、「あなた」が用いられています。これはかなり口語的な用法ですが、従来の短歌では恋人あるいは夫婦で、互いに相手を呼ぶとき、男女を問わず多く用いられてきたのは「君」あるいは「汝《なれ》」でしょう。

「君」は口語あるいは日常会話においても普通に用いられますが、一方で「汝」のほうは、口語でも日常会話でも、まず用いられることのない、しかし歌の中ではしょっちゅう出会うことになる興味深い呼称であります。「汝」は目下、年下のもの、あるいは動物などに対しても用いられますが、ここでは恋人を呼ぶ場合の例をあげます。

裾ひろくクローバの上に坐り居る汝を白じらと残して昏るる　近藤芳美《こんどうよしみ》『早春歌』

なにか言ひたかりつらむその言《こと》も言へなくなりて汝《なれ》は死にしか　斎藤茂吉『赤光』

近藤芳美の代表歌集『早春歌』は、まさに「早春」を思わせる若々しい相聞歌を収めた歌集ですが、くっきりしたシルエットを描いた作品として、私の好きな一首です。裾の広いスカートをふわりと芝に広げて恋人が座っている。夕闇がまわりの風景を消してゆき、恋人とその白いスカートだけが、夕闇のなかに浮き上がってくるのです。それだけを歌ったものですが、その風景のなかの女性を愛《いとお》しいと思う気持ちが一首のなかに溢れるように感じられます。

茂吉の一首は連作「おくに」のなかの歌。この女性が誰であったかは諸説ありますが、斎藤家のお手伝いさんではなかったかとされています。おくにが亡くなったとき、それを悲しんで作った歌ですが、もちろん使用人と主という関係を越えた感情が濃密に感じられる歌でしょう。「汝は死にしか」の簡潔で余韻の深い表現は、「君は死にしか」ではちょっと出ない味わいと言わざるを得ません。

このようなすでに口語や日常会話の世界からは消滅してしまった「汝」という言葉が、なお生きているのは、歌という文芸のひとつの強みでもあると私は思っています。次のような「きみ」を用いた歌ももちろん好きですし、「あなた」という現代的な二人称も使い方では効果的ではありますが、徐々に減りはじめている「汝」という用語も、是非効果的に使い続けて行きたいものです。

「また電話しろよ」「待ってろ」いつもいつも命令形で愛を言う君　俵 万智『サラダ記念日』

感動を暗算し終へて風が吹くぼくを出てきみにきみを出てぼくに　小野《おの》茂樹《しげき》『羊雲離散《よううんりさん》』

私たちはさまざまの〈関係性〉の網のなかで生きています。会社の中では、上司に対しては部下であり、同じ人間が部下のまえでは上司としても振る舞わなければならない。こんなとき、〈私〉は誰か、という疑問が突然抜き差しならぬ問題として浮上します。

社会の最小単位としての家族のなかでも、一人の人間がいくつもの役割を負っていることは当然であります。

父であり子であり夫であることの、否、……ねばならぬ飲食《おんじき》の間《かん》

永田和宏『無限軌道《むげんきどう》』

私たち家族が、まだ父と同居していた頃《ころ》の歌です。三世代同居ということになりますが、それら家族が一緒にテーブルを囲むとき、私は父に対しては子であり、子供たちに対しては父であり、そして妻に対しては夫でもあります。それらいくつもの役割が、食事という場で一挙に顕在化する気がして、けっこう息苦しい思いをしたものでした。「否、……ねばならぬ」にはそれらの多様な役割を楽しんでいるのではない、ちょっとした苦渋の表情が見えてきます。

アパートの角まがるまで父であるそこからポプラが一本見える

池本一郎《いけもといちろう》『池本一郎歌集』

この歌も自らの役割を強く意識した歌です。出勤する作者。家の前では子供が手を振って見送っているのでしょうか。アパートの角をまがるまで、うしろから見ている子供に見えなくなるまでは自分は「父である」というのです。角をまがったら、さあ、こんどは会社員としての顔に急いで切り替えなければなりません。家族モードから会社モードへの切り替え。男はいつもそんな切り替えをしながら、いくつもの顔を使いわけています。意識の切り替えの場が、「そこからポプラが一本見える」という曲がり角であり、その曲がり角が家族を振り切るきっかけでもあるのでしょうか。家族のなかでお父さんをこなしていた若い父親の生活詠として、心地よい涙ぐましさを感じさせてくれる忘れがたい一首です。

嫁にして余所者にして末席に汁をすすれば掌《て》にあたたかし

今井恵子《いまいけいこ》『ヘルガの裸身』

これはもっときびしい歌ですが、結婚というものを契機として、自分とはもともと何の関係もない家族の一員になる。そのとき、望むと望まざるとを問わず、「嫁」という呼称で呼ばれることになります。故郷や本家などに帰ることになると、嫁とはまた「余所者《よそもの》」でもあるという意識が、双方に抜きがたいものとして意識されることもあるでしょう。末席に余所者として座ると、頼りになるはずの夫はむこうのほうに家族としてくつろいでいて、作者の孤独感はいやおうなく深まります。掌《てのひら》の汁椀《しるわん》だけが暖かく、その暖かさが却《かえ》って作者のみじめさを強く意識させたのでしょうか。

投稿歌などで、舅《しゅうと》や姑《しゅうとめ》の立場から歌われた歌の中に「嫁」という言葉が出てくることが多くありますが、まず採れる歌がないというのが、私のこれまでの経験です。「嫁なのだから、そう呼んで何が悪い」と言われれば確かにそうです。しかし、本来、歌に詠みたいと思うような大切な存在である相手との関係を、出来合いの「嫁」という一般的な呼び名で済ましてしまうのは、作歌の大切なポイントを見逃していると言わざるをえないのではないでしょうか。

お嫁さんに対する愛情であれ、確執であれ、相手との関係は一対一の関係であるはずで、相手は決して「嫁」という一般名詞では表現しきれない存在であるはずです。現代の歌では嫁姑と言った厄介な関係を詠んだ歌はむしろ少なく、いかに嫁が優しいかを歌ったものがこの頃は多いように思いますが、それにしても、嫁という言葉が出てくるとこちらが拒否反応を示してしまうのは、これまでこの「嫁」という言葉のもとに、女性がいかに長い時間、自意識の抑圧に耐えてきたかという時間の重さによるものなのでしょうか。

ここで言いたいことは、私たちはいくつもの関係性のなかで生きており、そのような関係性を意識しないでは歌は作れないのですが、関係は既成の言葉であらわそうとすると、どうしても一般性のなかに溶解してしまって、私とあなた、私とあの人といった一対一の、しかも一回きりの関係を表現することがとてもむずかしいということです。

そんな呼び名の失敗例の最たるものに、「孫」という言葉があることを言っておきたいと思うのです。「嫁」と同じく、「孫」という言葉の入った歌で成功したものはほんのわずかしかない。ある有名紙の選者で、きわめてよく知られた歌人が、かつて「ぼくは孫という言葉を見ると、その瞬間にその葉書を捨てるよ」と言われたことがありました。さすがにそれは極端で、なかには「孫」という言葉が入っていて、なお成功した歌もありますが、それは例外と言ってもいいほどに少ないというのが私の実感でもあります。

ぷらぷらになることありてわが孫の斎藤茂一路上《もいちろじょう》をあるく

斎藤茂吉『つきかげ』

孫の歌が成功した例外としてこの一首をあげておきたい気がします。さすが茂吉と言うべく、堂々と「孫」、しかも「わが孫の」とまで言いながら、一首はほのぼのとしたおもしろさと、なんとも言えない不思議さを醸し出しています。

「ぷらぷらになることありて」とはどういう状態なのか、遊んでいるのか、それともぼう然としているのか、おどけているのか。とりあえず茂一が路上を歩く、それを「わが孫の」と大俯瞰《だいふかん》しているような雰囲気が、単なる孫可愛《かわい》さの歌とは一線を画している所以《ゆえん》なのでしょう。

そう、印象として言えば、「孫」という言葉の入った歌を読んで感じる不満は、「孫イコール可愛い」という抜きがたい方程式で歌が完結してしまっていることなのです。どんなしぐさやどんな状況を詠んでも、それが「可愛い」という感情にしか収束していかない、そんなつまらなさを覚える作品が大部分であることは残念ながら事実であります。

もう一首、私が経験した孫の歌とのおもしろい出会いを紹介しておきましょう。「南日本新聞」選歌欄（平成七年一月十二日）での作品です。

二度覗くまだも着替えの終わらざりのろき孫なり目を閉じて待つ　鮫島宗春

孫という言葉を使いながら、この一首では「のろき孫なり」と言っているところが他の歌とちょっと違っています。もちろんのろまな孫が可愛いという歌には違いないのですが、いかに可愛いかを言おうとするのではなく、うまく距離をとって突き放しているところがなかなかいい。この一首について私は、「京都では、こういうのを『愚図《ぐず》』と言う。『のろき孫なり』とぶつぶつ言いながらも、この爺《じい》さん孫が可愛くてしようがない。こんな風に歌わなくては孫の歌は成功しないという、一好例」と、短い評をしておきました。

笑ったのは、その翌週、次のような歌が同じ作者から寄せられたことでした。

爺さんと呼ばれて不思議はないけれど「この爺さん」はやはりせつない　鮫島宗春

「三分位笑いが止まらなかった」として、私はもう一度この作者を取り上げ、挨拶《あいさつ》歌の可能性について短く話を継いだのでした。まだ四十代だった私が、ちょっとした挑戦のつもりで「この爺さん」などという評言を弄《ろう》したとたん、「爺さんと呼ばれて不思議はないけれど『この爺さん』はやはりせつない」とすぐさま応じた、この見たこともない歌人と、いま一緒に共同作業をしているということがとてもうれしかった。選歌という作業を本当におもしろいと思わせてくれた、私にとって忘れがたい経験でした。

孫が可愛いという気持ちを表したいとしても、いったん、孫を相対化し、客観視して観察して欲しい、そして、できるなら「孫」という言葉を使わないで歌ってみて欲しいと思わないではいられません。

たとえ最終的には歌のなかに「孫」という言葉が入ったとしても、少なくとも作歌のときに、一度でも「孫」という言葉を使わないで歌ってみようと考えるだけでも、でれでれした孫可愛いという歌の弊害から抜け出す契機はあると言うべきでしょう。「孫」という言葉が「可愛い」という感情に直結してしまうということからちょっと逸《そ》れるだけで、歌はにわかに立ち上がってくるものなのです。

「有子さん」と呼ぶ約束を孫にさせ鎧太刀観に上野へ出掛く　小宮山有子「短歌人」平成五年五月号

おばあさんの歌です。おばあさんなのだけれど、なんとひらけたおばあさんでしょう。「おばあちゃんと呼ばないで、有子さんと呼んでくれるなら、上野へ連れていってあげるよ」と孫に約束させて、一緒に展覧会に行ったと言うのです。展覧会のあとでは、

「かおるさん」と友人のごと孫を呼び精養軒の卓に向き合ふ　同

と、二人で食事のテーブルについている。歳の離れた二人のまわりに射している柔らかい光まで感じられるような、ほほ笑ましい光景と思いませんか。ちなみに、この二首も先の『現代うた景色』からの孫引きです。

小宮山さんという方を私は知りませんが、歌はこの作者に会ってみたいと思わせるだけの魅力を持っています。このおばあさんは、その孫に可愛いだけの一方的な愛情を注いでいるのではないでしょう。何より「かおるさん」と呼ぶ孫との、互いの関係を大切にし、そして大事なことは、孫とおばあさんというべったりした関係ではなく、少し離れた人と人との関係としての二人の距離を大切にしているということではないでしょうか。

呼び名についてちょっと注意するだけで歌は格別によくなることが多くあります。それは、単に呼び名を別のものに替えるということによるのではなく、呼び名に固定された自分の意識、〈私〉

という存在に対する新たな視線、そのようなこれまで意識していなかった自分と〈世界〉との新しい関係の結び方にこそあるのだということに、いま一度注意を向けて欲しいと思います。

余談になりますが、私の息子の子供たちは、幼いときからずっと私の妻を「ゆうこちゃん」と呼んできました。先日、五歳になる兄がその妹に「ゆうこちゃんて、ほんまはおばあちゃんなんやで」などと説明しているのを聞いて笑ってしまいました。

ヒント24 思いきって固有名詞を

投稿欄などで歌を読んでいて、もう少し、作者の個別の事情がうまく詠み込まれていたら、歌がもっと生きてくるのに、と思うことが少なくありません。個別の事情といっても、その作者だけにしかわからない些事《さじ》では困りますが、たとえば登場人物がいつも君とか汝《なんじ》とかの代名詞であるよりは、あるいは孫とか嫁とか関係をあらわすだけの名詞であるよりは、時には固有名詞をうまく一首のなかに詠み込めないものかと思ったりもするのです。もちろん、これは大きな危険を伴う冒険であり、よほどうまく使わないと成功しないものでありますが、いくつかその成功例を見てみることにしましょう。

口髭を蓄へたれば叔母われをモチコサンとぞ呼びはじめたる　宮原望子《みやはらもちこ》『哀蚊《あはれか》』

幼いときには、おばさんおばさんと慕い寄ってきていた甥《おい》が、ある時から作者のことを「モチコサン」と呼ぶようになった。口髭《くちひげ》など一人前に蓄えるようになった青年にとっては、これまでのようにおばさんと呼ぶのが照れ臭いのでしょう。作者は、そんな甥の精一杯の背伸びと自立をほほ笑ましい思いで見ています。ここからこれまでとはちょっと別の一対一の大人同士の関係が生まれていく予感があり、それを喜び、またおもしろがっているのでしょう。

この一首では、なんと言ってもカタカナで書かれた「モチコサン」という固有名詞がポイントです。ここを固有名詞ではなく、「名前で呼びはじめたる」などとしたのでは、この一首のおもしろさは、半減どころか、まったく無くなってしまったでしょう。作者名を読むに至って、「モチコサン」が「望子さん」であることを知ることで、さらにおもしろさが増すのかもしれません。

通用門いでて岡井隆氏がおもむろにわれにもどる身ぶるい　岡井　隆『土地よ、痛みを負え』

医者として勤務を終えた作者が、病院の通用門を出て、さてこれからが文学者としての俺《おれ》の時間だと意識をしたときの歌でしょう。ちょっとした身ぶるいを「おもむろにわれにもどる」通過儀礼のように捉《とら》えたところに、おもしろさがあります。本当の私とは何か、という昭和三十年代に熱く議論された〈私論〉の文脈から捉えても、意味のある歌です。

自分の名前を一首の中に歌い込めるというのは相当の覚悟のいる作業ですが、固有名詞だけでなく、「岡井隆氏」と「氏」を入れたことによって、公人としての、雇用されている人間としての〈私〉から、誰《だれ》にも邪魔されない固有の〈私〉にもどる際の意識の昂揚《こうよう》感さえ伝わってきます。日々繰り返される、勤め人から歌人へのこの変身の瞬間の喜びと辛《つら》さを、この一首を契機にして、私は何度熱い思いとともに思い返したことかしれません。

佐野朋子のばかころしたろと思ひつつ教室へ行きしが佐野朋子をらず　小池　光『日々の思い出』

発表されたときから大きな話題になった歌です。今日こそはとっちめてやろうと勢い込んで教室に行ったが、その肝心の女生徒が居なかったので拍子抜けしたという歌です。この佐野朋子が実在の人物、生徒であるとは誰も思わないでしょうが、いかにもどこにでもありそうな名前であることがミソでしょう。どこにでもあるけれど、たぶん実名ではなく、しかしそのモデルはありそうだ、そんな微妙な境界にある人物としてこの固有名詞は機能しています。

そんな架空の固有名詞を、一人で責任を持って歌い続けた例があります。

いふほどもなき夕映にあしひきの山川呉服店かがやきつ　塚本邦雄『詩歌變《しいかへん》』

この歌は、発表当時はあまり話題にはなりませんでした。「山川呉服店」というこれもいかにもどこにでもありそうな固有名詞に、「あしひきの」という枕詞《まくらことば》を冠したところがちょっとおもしろいかもしれません。しかし、この一首が俄然《がぜん》おもしろい問題を提供したのは、塚本邦雄が次の歌集でもう一度同じ固有名詞を用いて歌を作った時からでした。

山川呉服店倒産してあかねさす昼や縹の帯の投売り　『不變律《ふへんりつ》』

夕映えに輝いていた山川呉服店が、いきなり破産してしまった。縹《はなだ》の帯を投げ売りしているというのです。意識的に先の歌の後日譚《ごじつたん》を語ろうとしていることは誰の目にも明らかでした。そんな読者の期待に塚本邦雄は、それに引き続く歌集の中で律儀に応えてくれました。

あさもよし紀州新報第五面山川呉服店主密葬　『波瀾《はらん》』
青嵐ばさと商店街地圖に山川呉服店消し去らる　『黄金律《わうごんりつ》』
山川呉服店未亡人ほろびずて生甲斐の草木染《くさきぞめ》教室　『魔王《まわう》』

破産した山川呉服店の店主が亡くなり、店は閉められて商店街からその名も消えてしまった。しかし、未亡人は健在で草木染教室を始めたらしい、と、ここには歌集ごとに山川呉服店一代の盛衰記を小説のように作ってやろうという、心憎いまでの斬新《ざんしん》な試みを見ることができます。

繰り返しますが、固有名詞の導入は危険な試みです。やってやろうというある種の覚悟が必要ですが、うまく使われるとそれが実在のものであれ、架空のものであれ、歌を一挙に立体的なものにしてくれることがあるのです。

第四章
作歌のレトリック

ヒント25

擬人法の落とし穴

初心者の短歌のもっとも多い失敗のひとつに、擬人法《ぎじん》の多用があります。修辞学の用語では「活喩《かつゆ》」とも言われますが、人間以外のものに、人間になぞらえた動作や感情を持たせて表現効果を高めようとする方法です。

嵐《あらし》の夜には「風が荒れ狂ったり」「風が叫んだり」するでしょうが、やがてすっかり「風も怒りを鎮め」、朝の「太陽が顔を見せ」、穏やかな日中には「眠ったような光」が射《さ》して、夕方には「風が優しく肌を撫《な》でて通り過ぎる」のでしょう。

注意してみれば、これに類した擬人法は、毎日の新聞などには必ずといっていいほど見つけることができるものです。

黙として語りまさねど山々は大いなる神の如くにつつましきかな
何処よりせまりてくるか宵々に身をむしばむ此の淋しさは

山々が「黙として語りまさねど」というところ、淋《さび》しさという抽象的なものが、作者の身を「むしばむ」というとらえ方、これらはいずれも擬人法です。実はこの二首は、土屋文明《つちやぶんめい》の『短歌入門』に引かれている歌ですが、そこでの文明の批評は強烈であります。

――一体比喩と擬人とは古今集あたりでは非常によく発達した歌の技巧の主なものであるが、これは表現法としては極めて初歩低級のものである。

土屋文明『短歌入門』

と豪語してはばかる気配がありません。それにしても「初歩低級」とは恐れ入った批評と言わねばなりません。

現代の歌人、来嶋靖生《きじまやすお》も擬人法に対しては、

――テレビや新聞のニュースが日本語に害毒を流したとすれば、その最たるものの一つに擬人法と受身表現を当然のことのように、一般人に浸透させてしまったということではないでしょうか。そして、さもそれがしゃれた文学表現であるかのような錯覚を与えたことではないでしょうか。

来嶋靖生『推敲添削　歌を磨く』

と辛辣《しんらつ》です。擬人法について「さもそれがしゃれた文学表現であるかのような錯覚を与え」るというところにポイントがあるでしょう。そう、みんな擬人法をしゃれた、気の利いた表現と思っているのではないでしょうか。

短歌は短い言葉のなかに、作者独自の表現を模索しなければならない詩型ですから、いきおいい

かにうまく、いかに人目を引くしゃれた表現をするか、いかに人の言わないことを言うかというところに、苦心の重点が置かれがちです。そしてそれは、一面において無理のないことですが、こと擬人法に関しては、ほとんど失敗すると言っておきたいような気がします。月々の選歌のなかで、擬人法に出会わない選歌欄はまずないと言い切ってもいい。そして、文明の言うように、その見立て、あるいは思い入れがなんとも稚拙で、ただ一か所そんな擬人法が紛れ込んだために、せっかくの他の表現の良さを台なしにしてしまっている例を、いやというほど見せつけられます。

ことは俳句でも同じでしょう。俳人の飯田龍太《いいだりゅうた》の言葉を引いてみましょう。

——擬人化する場合は、よくよくそれ以外に方法がないというときにかぎる。いってみれば『如し』と同じように、擬人法をやすやすとすることが最近の作品の技巧の弊害になっていると思う。

飯田龍太『俳句入門三十三講』

俳句でも事情は同じようです。龍太は「やすやすと墓をはなるる雪解風」という例句をあげ、この句では、墓をはなれるのは作者であり、そのほうが雪解風を読者に正確に感じさせられるが、これを「やすやすと墓をはなれて雪解風」とすると、風が墓をはなれることになる、として、そんな擬人法はしないほうがいいと言っています。私は龍太のこの一文をいたく興味をもって読んだことがあります。

一方で俳句には、「山笑う」なんて季語があります。春の季語で「故郷やどちらを見ても山笑ふ」は正岡子規《まさおかしき》の句。冬なら「山眠る」。鷹羽狩行《たかはしゅぎょう》の「大仏の撫で肩越しに山眠る」などを思い出すこともできます。はて、これらは擬人法の最たるものではないのか。否定されるべき擬人法が、季語という制度として定着しているのはどうしたことか。

これを見てもわかるように、擬人法も全否定されるべきものでは必ずしもないでしょう。要は、その擬人法がどれほど生きているか。来嶋靖生の言葉にあったように、新聞やテレビなどの手あかがついていないものを発明できるかどうかということでしょう。

瀧の水は空のくぼみにあらはれて空ひきおろしざまに落下す　上田三四二《うえだみよじ》『遊行』

たんぽぽのぽぽのあたりをそつと撫で入り日は小さき光を収《しま》ふ　河野裕子《かわのゆうこ》『歳月』

橋として身をなげだしているものへ秋分の日の雲の影過ぐ　渡辺松男《わたなべまつお》『寒気氾濫』

馬場《ばば》あき子《こ》は擬人法を肯定的にとらえていて、

——風景や事柄、心や観念を人になずらえるという場面では、対象に肉体が与えられるというか、動作や肢体の表現を通して実感が濃くなるという効果が生まれます。　馬場あき子『短歌セミナー』

と言っています。その評言は、まさにこれらの歌の魅力を十分に伝えてくれるようです。

ヒント26

リフレインの光と影

短歌はわずか三十一音しか許されない短い詩型だから、言葉はできるだけ無駄に使いたくない。余分な言葉は削ったほうがいいし、言わなくともわかることは言わないほうがいい。できるだけ余分な表現を削《そ》ぎ、感動の核を射貫《いぬ》くような適切、かつ端的な表現で完結するのが歌であると、一応は考えられます。ですから一首の歌の中に、同じ言葉が重複して出てくるなどという場合には、たいていい添削されてしまうことになる。木俣修《きまたおさむ》は『短歌実作指導教室』という本のなかで、「同じ文字を一首の中に繰返さぬこと」という節をわざわざ設けて、重複する言葉のある歌の添削を試み、注意を喚起しています。

一般論としてはそうなのですが、少し歌に慣れてくると、一首の中にリフレインを導入することによって、リズムにおもしろい効果があらわれたり、その言葉が一首の核として強調されることによって、印象がより鮮明になったりする、そんな効果に気づくようになるはずです。木俣修が添削をしたのは、あくまで不注意に同じ言葉が重複している場合でしたが、ここで問題にするのは、もちろん意識的に用いられたリフレインの効果についてであります。

そもそも和歌のもっとも古い時期の歌からして、リフレインが用いられていた。

八雲立つ出雲《いづも》八重垣《やへがき》妻籠《つまご》みに八重垣作るその八重垣を

須佐之男命《すさのおのみこと》『古事記』

須佐之男命が八岐大蛇《やまたのおろち》を退治して、櫛名田比売《くしなだひめ》と婚《まぐわ》うときの歌と言われています。歌意は、「雲が湧《わ》き立つ出雲国の八重垣。私は中に大事な新妻を籠《こも》らせるために八重垣を作る。見事な八重垣をさ」（佐竹昭広《さたけあきひろ》『日本名歌集成』）。

「八雲立つ」に始まり、「八」を繰り返し意識させながら、執拗《しつよう》なまでに繰り返される「八重垣」という語によって、逆に歌の内容はむしろ希薄になり、歌の背後から、須佐之男の歓喜の思いのみがくっきりと伝わってこないでしょうか。妻のために自らが八重垣を作ることの喜び。

そういえば、私たちはそんな歓喜の思いの沸騰・噴出したような歌の代表例とも言うべき一首をすぐに思い出すことができます。

我はもや安見児得たり皆人の得がてにすとふ安見児得たり

藤原鎌足《ふじわらのかまたり》『万葉集』巻二

天智天皇《てんじ》（中大兄皇子《なかのおおえのおうじ》）と協力して蘇我入鹿《そがのいるか》を倒し、大化改新を推進した、どちらかというと官僚としての印象の強い鎌足ですが、誰《だれ》もが手に入れることの難しいと言っている安見児《やすみこ》を私は手に入れることができたという喜びが、あっけないまでに率直に歌われた一首で、鎌足の別の面を見る思いがします。

しかしこの歌、改めて考えてみれば、なんと無内容な歌でしょう。采女《うねめ》である安見児を娶《めと》ることができた、その采女は誰もが欲しいと思いながら、叶《かな》わなかった。その女性をついに自分のものにできたと無邪気に喜んでいる。その喜びは、何も説明など要しない。ただただ彼女を得た喜びだけ。第二句、結句に繰り返される「安見児得たり」のリフレインが、何より端的に鎌足の喜びを表しています。

二首とも言葉の経済という観点からは、まことに無駄の多い表現です。しかし、ここまであっけらかんと言われてしまうと、思わず釣られて微笑《ほほえ》みがこぼれてしまわないでしょうか。

古代の歌には、このような歌謡性の濃い歌が多く見られます。歌を口の端にのせ、耳から聞くという、歌の原点に位置するからでしょう。現代の歌謡曲などでもそうですが、歌うという意味の歌においては、リフレインは心地よいリズム感、軽快なテンポを導き出してくれる働きをします。韻《いん》律《りつ》は短歌の基本にある大切な要素ですが、リフレインは、同じ言葉が繰り返されることによって、韻と律の両方に効果を持つことが往々にして見られます。

そのようなリフレインは、現代においてももちろん歌の魅力の一端を形成しています。

ゆふぐれに櫛をひろへりゆふぐれの櫛はわたしにひろはれしのみ　永井陽子《ながいようこ》『なよたけ拾遺《しゅうい》』

二〇〇〇年、惜しくも亡くなった永井陽子は、このようなリフレインの名手であったと私は思っています。「ゆふぐれに櫛をひろへり」という上句、それを櫛の側から受け身で言い直しただけの下句。ここには意味の展開はあっけないまでに度外視されています。ただただ櫛を拾った、櫛が拾われたと歌うのみ。しかし、なんと悲しい歌か、と私などは思うわけです。どこかしんと悲しい。拾われた櫛も、拾った作者も。

その悲しさが、過剰な意味をすべて歌の外に放り出してしまったことによるだろうということは、誰にも納得できるところではないでしょうか。作者のその時の精神状態だとか、どこで拾ったのだとか、櫛はどんな色形だったのだとか、そんな説明は一切省かれている。

無意味の典型のようなこの一首。私は山本健吉《やまもとけんきち》の次のような言葉を思い出します。

——意味・内容などといった実体的なものを無にすることによって、充《み》たされてくるものは生命なのだ。それに反して、実体的なものはえてして生命を硬直させ、生命を殺す。

山本健吉「辺空晩年の歌論」(「短歌」一九七八年九月号)

観覧車回れよ回れ想ひ出は君には一日《ひとひ》我には一生《ひとよ》

栗木京子《くりききょうこ》『水惑星』

栗木京子さんの代表作であるだけでなく、現代を代表する相聞歌の一つでもあります。この歌が作られたのは作者がまだ京都大学の学生であったとき、二十代前半でした。この一首があまりに有名になりすぎて、現代の歌人は観覧車をなかなか歌えなくなっているという罪深い(!)一首でもあります。

ちょっと余談ですが、ある歌人を覚えるときに、その人の代表作だと〈自分が〉思う一首と対《つい》にして覚えるというのはとても大切なことであると、私は思っています。初対面の歌人と会ったとき、「ああ、△△の結社の方ですね」などと挨拶《あいさつ》をするのと、「ああ、……の歌の方ですね」と挨拶するのとは、雲泥の違いがあります。歌人を大切にするということは、相手に対して敬語を使ったり、うやうやしく接したりすることではなく、その人の歌を一首でも覚える、それに尽きると私は思っていますが、いかがでしょうか。

さて、栗木さんの一首。観覧車は不思議な乗り物で、ほんのつかの間のことではありますが、それはあなたにはたとえ一日のことであっても、私には一生の思い出になるだろうと歌っています。初々しい乙女心というべきでしょうか。ここには「回れよ回れ」「君には一日我には一生」の〈二人だけの時間〉を否《いや》が応《おう》にも意識させるものです。作者にとってはこの至福とも思える時間、二つのリフレインが意識されています。正確には、あとのほうは対句と言うべきですが、対句は歌にあっては往々にしてリフレインと同じような効果を持ちます。

この一首、一度読めば、すぐに覚えてしまう、それが大きな特徴ではないでしょうか。内容よりも前にまず口調、リズムから覚えてしまう。そして、そのあとから作者の切ない思いが打ち寄せてくる、そんな気がします。

かきくらし雪ふりしきり降りしづみ我は真実を生きたかりけり　高安国世《たかやすくによ》『Vorfrühling』

個人的にリフレインの歌として思い入れの深い一首に、高安国世の第一歌集冒頭の一首があります。高安国世の出発の一首と言ってもよく、家業としての医家を継ぐべく、医科志望の勉強を続けていた高安が、一転、文学に志望の転換を決意した、その折の昂《たか》ぶりを詠んだ一連にあります。

一読、まず韻律《いんりつ》の張りつめた響きに圧倒されます。「し」音と「き」音による細かなリズムに、「雪ふりしきり降りしづみ」の対句的リフレインがうまく調和してなる韻律であることがわかります。心の昂揚感《こうようかん》が韻律の格調に見事に一致した例と言えるのではないでしょうか。

サンチョ・パンサ思ひつつ来て何かかなしサンチョ・パンサは降る花見上ぐ
成瀬《なるせ》　有《ゆう》『游《あそ》べ、櫻《さくら》の園へ』

サンチョ・パンサは言うまでもなくドン・キホーテの従者。猪突《ちょとつ》猛進型の主人に従《つ》いて、どこまでもその滑稽《こっけい》につきあうサンチョ。サンチョ・パンサの悲哀は、主人キホーテほどの理想も、確固とした信念もなにもなく、ただ振り回されるように従いていくしかない滑稽さにあるのでしょう。

言うまでもなくサンチョ・パンサのリフレインに作者の思い入れの深さが見られますが、よく注意してみると、単なる繰り返しではないのですね。上句は、作者の感懐、ところが下句では、花を見上げているのは、いつの間にかサンチョその人になっています。主客が逆転し、サンチョはいつのまにか作者その人になっているわけです。サンチョ・パンサは悲しい奴《やつ》だと思っていた作者が、いつの間にかサンチョその人になって、そんな自分を「何かかなし」と思う。そんな心の動き方がリフレインを駆使した文体の力によって、無理なく納得させられる一首です。

ひまはりのアンダルシアはとほけれどとほけれどアンダルシアのひまはり

永井陽子『モーツァルトの電話帳』

先にあげた永井陽子は、きわめて意識的にリフレインを多用した歌人でした。この一首もまた、意味内容ということからはまったく無意味な一首と言うべきでしょう。無意味ではあっても、三句と四句で折り返すように繰り返される「アンダルシアはとほけれど」「とほけれどアンダルシアの」に、行くことは恐らくないであろうアンダルシアという遠い地への憧《あこが》れの思いは、切々と伝わってくるのではないでしょうか。個々の具体を切り捨てて、感情の核だけを伝えようとするその技法は、リフレインの多用というところに端的に表れていると思います。

初めに書きましたように、この短い詩型のなかで、同じ言葉を繰り返すのは、言葉の経済学から言えばまことに不経済です。しかし、言葉の不経済を承知しながらも、リフレインを導入することによって、歌は意味の過剰から救われる場合が少なくありません。意味や内容をどんどん詰め込んでいって、歌が意味に縛られ窮屈になっていることがしばしば見受けられます。リフレインは、時に、そんな窮屈な歌の言葉のあいだに、隙間を開けてくれるとも考えられないでしょうか。

しかし、リフレインはまた両刃《もろは》の剣でもあるところがむずかしいところ。リフレインは、歌の調子をよくするのですが、よくなりすぎて軽くなりすぎるという欠点があります。

一本のえんぴつをけづるおびえつつおのがこころを削るごとくに

同『小さなヴァイオリンが欲しくて』

ペンギンに生まれペンギンとして生くる単純にして無駄なき姿体

どちらもいい歌だと思うのですが、リフレインの名手永井陽子にして、なお歌が軽く浮いてしまっているところが気になります。リフレインを用いる時には、調子がよくなりすぎて、滑ってしまうような軽さに十分注意を払う必要がありそうです。

ヒント27 エイッと、オノマトペ

オノマトペという言葉も、すっかり短歌の世界で市民権を得た言葉になりましたが、もともとはギリシア語 onomatopoiia から来た言葉だそうで、単語を作るという意味があるのだそうです。この「作る」というさりげない語源は、今回の話に重要な意味を持つと私は思っています。

オノマトペは普通、擬声語、擬音語、さらには擬態語などを含んだ言葉と理解されていますが、もっと平易に言えば、烏《からす》がカアカア鳴いたり、椅子《いす》がギシギシ軋《きし》んだり、幼子がヨチヨチ歩いたりと、さまざまの現象や自然のありさまを、音によって描写しようとするもの。

しかし、ここで例にあげたようなオノマトペは、日常生活でならまだしも、歌の中に用いられたのではどうにもしようがないことは改めて言うまでもないでしょう。オノマトペによって成功した例をあげながら、どんな場合にオノマトペが成功するのかを考えてみたいと思います。

鶏ねむる村の東西南北にぼあーんぼあーんと桃の花見ゆ

小中英之《こなかひでゆき》『翼鏡《よくきょう》』

小中英之の代表歌の一つです。「鶏《とり》ねむる村」もいかにものどかでいいし、「村の東西南北」にも広がりがあっていい。しかし、この一首ではなんと言っても「ぼあーんぼあーん」というオノマトペがいのちでしょう。どこまでも膨張して、茫洋《ぼうよう》と広がっている桃の林、かたまってあるのではなく、あっちにもこっちにもまさに「ぼあーんぼあーん」と桃が点在している。他のいかなる言葉にも置き換えがきかないと思わせるまでに、このオノマトペによって喚起されるイメージは鮮明です。

君を打ち子を打ち灼けるごとき掌よざんざんばらんと髪とき眠る

河野裕子『桜森』

これも河野裕子のよく知られた歌です。若い母親が子育てや生きることそのものに必死で、ひたすらである時期の歌でしょう。ある時は夫も打ち、子供も打ち、そんな精いっぱいの日常のなかで、夜になるとくたくたに疲れて髪をほうり投げるように解きはなって眠ってしまうというのです。旦那《だんな》や子供はたまったものではないでしょうが、「ざんざんばらん」というオノマトペに若い女性の奔放さと、そして健気《けなげ》さといったものを感じとる歌でしょう。
これらは、自分の感情やその場の情景を写すのにもっともよく当てはまるものを、出来合いのカタログの中から選んで借用することによってなったものではないでしょう。どうにも自分では言い表せない感情やある感じを、自分の感覚や肉体が瞬間にがっと摑《つか》んだ言葉として、少々強引でもいいから、直接的に引っ張り出してくる、そこにオノマトペがこれらの歌の中で力をもってくる契機があるのではないでしょうか。

ごろすけほう心ほほけてごろすけほうしんじついとしいごろすけほう
岡野《おかの》弘彦《ひろひこ》『飛天』

これも印象的な一首です。「ごろすけ」はふくろうのこと。「ごろすけほう」はフクロウの鳴く声でもあり、その名前そのものでもありますが、わずか三十一首のなかに三度も繰り返される「ごろすけほう」は、わずかな作者の心情を伝える「心ほほけて」「しんじついとしい」の二句を、なんとかなしく、そして印象的に浮かび上がらせていることでしょう。夜の森にはるかに聞こえてくるフクロウの低い鳴き声、そのどこかに哀愁を含んだ声にダブらせて、作者の人を恋う心は、やはり森の中へとさまよっていくようでもあります。この「ごろすけほう」をオノマトペと言ってしまっていいのか、やや議論はあるところでしょうが、オノマトペとしての効果を持っていることは間違いありません。

ツチヤクンクウフクと鳴きし山鳩はこぞのこと今はこゑ遠し　土屋文明『山下水《やましたみづ》』

第二次大戦後、すぐの歌です。言うまでもなく国民みんなが腹をすかせていた時代でした。間近で鳴く山鳩《やまばと》の声さえも「ツチヤクンクウフク」と聞こえたというのです。苦しい飢餓の時期をも笑い飛ばしてしまおうとする、文明特有のユーモアのある歌ですが、いっぽうで切実な歌でもあります。日本人は、西欧人には真似《まね》のできない「聞き做《な》し」という特技をもっていますが、笑ってしまって、その後にそこはかとなく悲しさの漂う一首であるのかもしれません。

サキサキとセロリ噛みいてあどけなき汝《なれ》を愛する理由はいらず　佐佐木幸綱《ささきゆきつな》　合同歌集『男魂歌』

君かへす朝の舗石《しきいし》さくさくと雪よ林檎の香のごとくふれ　北原白秋《きたはらはくしゅう》『桐《きり》の花』

これまではやや特殊なオノマトペの例を見てきました。少々強引であっても作者の感覚や肉体が摑んだものは、出来合いの形容詞などでは表現できないダイナミックな感情の奥に届くということを確認しました。

しかし、たとえ出来合いのものではあっても、状況に応じてぴったりと合うものが見つかれば、それはそれでいきいきした表現となることも間違いありません。佐佐木幸綱、白秋の共に初期代表作であるこれらの歌では、サキサキ、さくさくというそれほど特殊ではないオノマトペが、なんといきいきと若い恋の心弾みを表現していることでしょう。

オノマトペは考えて出てくるものではありません。しかし、印象に残るオノマトペの例をいくつも読んでいることで、とっさに思いもかけないあなた独自のオノマトペに出会うことができるかもしれません。

世の中にはオノマトペの辞典に類するものも出版されていて、便利と言えば便利ですが、そんな辞典には往々にして、オノマトペを効果的に使うには、対象をじっくり観察しなさいといった注意書きがあります。

しかし、私はできあいのオノマトペを使うならいざ知らず、本当に効果のあるオノマトペは、対象をじっくり注意深く観察しても出てこないと思っています。

きりはたりはたりちやうちやう血の色の棺衣《かけぎ》織るとか悲しき機《はた》よ　北原白秋『桐の花』

月夜よし二つ瓢《ふくべ》の青瓢《あをふくべ》あらへうふらへうと見つつおもしろ　同『白南風《しらはえ》』

近代の歌人のなかでは、オノマトペという観点からは白秋がもっともおもしろい。童謡なども作っていたからでしょうか、白秋の言葉の響きに対する興味と鋭さは、どこか他の歌人の追随を許さないようなところがあります。

なかでもこの二首は格別におもしろいと思われる歌ですが、そのおもしろさが内容よりも、より言葉の響きにあることは説明の要がないでしょう。二首目はちょっと滑稽味《こっけいみ》が勝った歌ですが、瓢《ひょう》簞《たん》がぶら下がっている様を詠んで、「あらへうふらへう」には『閑吟集《かんぎんしゅう》』の影響があるのでしょうか。「忍ぶ軒端に瓢箪は植ゑてな　置いてな　這はせて生らすな　心の連れて　ひよひよらひよひよめくに」などの詞をかすかに揺曳《ようえい》させているような気がします。白秋が『閑吟集』や『梁塵《りょうじん》秘《ひ》抄《しょう》』などの影響を受けていることはすでに指摘されているところですが、このようなオノマトペにもその影響は強く表れているかもしれません。

同じようにオノマトペの際立つ歌として、一首目はどうでしょうか。白秋が故郷柳川に帰った時の作として歌集に収録されていますが、上句のオノマトペは、下句の「血の色の棺衣」と対照されながら、どこか禍々《まがまが》しいイメージを喚起するはずです。機を織る単調な響きは、それ自体哀愁を帯びているものですが、それ以上に何かただならぬ悲傷感、あるいは不吉な想いを誘うような気がします。

白秋系ということで括《くく》るのはまずいかもしれませんが、白秋をよく読み込んでいる次の二人の作にも、往々にして見事なオノマトペが見られます。

母亡くて石臼《いしうす》ひくくうたひをり　とうほろ、ほほう、とうほろ、ほいや　高野公彦《たかのきみひこ》『水行』

ちりひりひ、ちりちりちりちり、ひひひひひ、ふと一葉《ひとは》笑ひ出したり神の山　河野裕子『体力』

雨垂れはいつまで続くしたひたてん、したしたしたしたしたひた、てん　同『歳月』

高野の歌では、もはやこの世にいない母を思う時、母が引いていたであろう石臼の響きが、母の歌声とともによみがえってくるのでしょう。石臼が歌っているようでもあり、石臼の音を介して母の声が聞こえるようでもあります。「とうほろ、ほほう、とうほろ、ほいや」という不思議にのどかなリズムと、ウ音、オ音の繰り返しによるくぐもるような音の響きが、母を失った悲しみをなによりよく代弁しているように思われます。

河野の笑い出す山は、一枚の干反《ひぞ》り葉がかさりと落ちたところから、それを合図のように山全体が黄葉した葉の笑いで覆われたような不思議な気がします。あるいは、雨垂れのいつまでもいつまでも続く音、その単調な短い音の連鎖は、白秋の「きりはたりはたりちやうちやう」のような、かすかな凶事の予感のようなものも含んでいるのかもしれません。

これらの感情は、たぶんどんな風に説明してもわかったような気にはならないものでしょう。もともと作者自身にさえ、はっきりとどんな感情であるのかはわからなかったのに違いありません。オノマトペは、そのような未生以前の感情を強引に引きずり出す装置として、往々にして作者にも読者にも、思いがけない効果を持つものです。

かすかに予感のように感じているある感情を表現するのに、なかなか適当な言葉に出会えない場合が多い。もとより感情の深いところにあるものは、言葉に置き換えられないものであるはずです。その曰く言い難い感情を説明するのではなく、なんとかその核だけをぐいっとつかまえたいというときに、オノマトペが意外な効果を発揮することを覚えておきたいものです。

ヒント28

比喩はブーメラン

短歌も俳句もことばをもって自己表現をなす詩型ですが、自分の思っていることを十分に言いあらわせないという欲求不満は、ほぼすべての歌人、俳人にとって日常的なストレスとなっているようです。しかしあらためて考えてみれば、ことばで自分の思いを十分に伝えることなど、いくら技術が進歩しても、もともと不可能なことなのではないでしょうか。

いくら辞書を丸暗記しても、語彙《ごい》の数は有限です。ある場で、ある景に出くわし、それにいわゆる感動と呼ばれる、ある複雑な感情の動きを経験したとして、そのまことに複雑な心の動きを、たかが有限のことばの組み合わせで十全に表現できるはずがない。有限のことばをもってしては、思いの無限の複雑さに対応することは本質的に不可能なのです。

しかし、なんとか既成のことばを使って、自分の固有の思いを表現したいと思うのが表現者の宿命でしょう。そんなけなげな思いの、ひとつの工夫として比喩《ひゆ》表現があります。そのなかで、今回は直喩《ちょくゆ》と呼ばれるよく知られた比喩について見ることにしましょう。

直喩は、明喩《めいゆ》とも呼ばれ、あるものを表現するために別のものを借りてきて、「XはYのようだ」「XはYのごとし」というようにたとえる形式を言います。もっとも多用される比喩かもしれません。これに対して暗喩《あんゆ》、あるいは隠喩《いんゆ》と呼ばれるものは、直喩のXにあたるものを省いてしまい、直接Yだけを言って済ましてしまう。Xに当たるものは、言わないことによってより強くそのものを読者に意識させようという手法だと言うことができます。「あのたぬきめ！」と言えば、「あいつはたぬきのようだ！」と言うより、いっそう強く意識されるという具合です。

何もせず居ればときのまみづからの影のごとくに寂しさきざす　佐藤佐太郎《さとうさたろう》『形影』

一読よくわかる歌です。無聊《ぶりょう》に時をすごしていると、ある時ふときざす寂しさ、それがどこか遠くからやって来るものではなくて、自分の影のように、いつも自らに寄り添っていたものが、ふと形をとって見えてくるような寂しさだと言うのでしょう。誰にも経験のある寂しさを歌って、平凡に落ちないのはさすがと思わせます。「みづからの影のごとくに」の直喩がよく機能しています。

しかし、佐藤佐太郎を含めて、一般にアララギ系の作者たちは比喩表現を嫌ってきました。佐太郎自身も、やむを得ない場合もあるが、たいていは比喩（とくに直喩を指していますが）が安易に使われるので気をつけなければならないと繰り返し言っています。ストイックなことで有名な島木《しまき》赤彦《あかひこ》になるともっとストレートに比喩歌を攻撃しています。

——比喩は感動そのものに対して直接な現し方ではありません。したがつて、比喩の歌には熱が乏しくて理智の働く傾向があります。理智が働きますから、概念歌・観念歌になり易いことは前項で述べたところと通じてゐます。

島木赤彦『歌道小見《かどうしょうけん》』

概念歌、観念歌を排斥する赤彦は、比喩歌もその範疇《はんちゅう》にくくられるものであり、理智が働くので駄目だと言っているわけです。

確かに比喩は、多かれ少なかれ、ものの見方を強烈に意識しなければ成立しない技法でありますから、感情を直接のことばで言いあらわすべきという立場からは、理智が立って駄目だという非難が起こることは当然のようにも思われます。

しかし翻って考えれば、表現ということは、思うままをことばに置き換えるという作業とは違ったものであり、どんなに直接の表現をめざそうとも、理智が介入するのは当然のことでもありますす。比喩だから駄目と頭から切ってしまうのではなく、いかに作者の感情をできあいのことばではない、作者固有の表現として立ち上がらせることができるかという点からこそ、その有効性を検討すべきなのでしょう。

夕闇にまぎれて村に近づけば盗賊のごとくわれは華やぐ　前《まえ》登志夫《としお》『子午線の繭』

比喩はいっぱんに類似性にもとづく表現法と説かれますが、それが単に誰でも想像可能な類似性に依拠するだけの表現であれば、何もあえて比喩を用いる必要はありません。前登志夫のこの一首はどうでしょうか。

盗賊の一般的なイメージは、鼠小僧次郎吉のごとく、こっそりひっそり屋根とか塀の陰とかを、足音を忍ばせて潜んでいくというものではないでしょうか。「華やぐ」というイメージからはあるいは正反対かもしれない。

しかし、この一首にあっては、「盗賊のごとく」がいかにも新鮮に響いてきます。これまで「盗賊」と「華やぐ」を結びつけたことがなかった私たちは、突然胸ぐらを摑まれたような衝撃を受けるかもしれません。そして、そう言われてみれば、闇に溶け込むように村という空間に紛れ入るのは盗賊のようであるが、村という存在が宿している不思議な何かに触れようとするちょっとした緊張感と期待感に、どこか心躍りのようなものがある、それは「華やぐ」といった心理に近いものであるかもしれないと、納得するのではないでしょうか。この一首を読んだ私たちは、従来漠然と持っていた「盗賊」というイメージに、突然ある種の親しさをもった新鮮さを感じる。イメージの変革をせまられるのを感じます。それこそこの一首のもつ意味なのでしょう。

——類似性にもとづいて直喩が成立するのではなく、逆に、〈直喩によって類似性が成立する〉のだと、言いかえてみたい。

佐藤信夫《さとうのぶお》『レトリック感覚』

佐藤信夫の『レトリック感覚』『レトリック認識』をはじめとする一連のレトリックシリーズは、従来の表現法に対する認識に大きな変革を迫る示唆深い本ですが、直喩について述べたなかで、この部分はまた鮮やかに比喩の意味を反転させてしまうものです。

もともとふたつのものの間に類似性があるから、直喩によってそれを利用させてもらうというのが従来の考え方。しかし佐藤は、逆に〈直喩によって類似性が成立する〉のだと言い切る。「盗賊のごとく……華やぐ」という直喩があったから、私たちは、この一首を契機として、盗賊と華やぐの関係について、そこに新たな類似性を見出すのだというのです。卓見だと思われませんか。そう、直喩を使うとは、作者がものとものとの間に、新たな類似性、あるいは必ずしも類似性でなくとも、新たな関係性を見出すということなのです。ものの新たな見方を提出することと言い換えてもいい。比喩表現の醍醐味であり、比喩を表現として読む楽しみでもあります。

名を呼ばれしもののごとくにやはらかく朴の大樹も星も動きぬ　米川《よねかわ》千《ち》嘉《か》子《こ》『夏空の櫂《かい》』

「名を呼ばれしもののごとくに」は「やはらかく」にかかる比喩ですが、「やわらかい」ということを伝えるためだけだったら、この直喩はかえって伝達をあいまいにしていると言わざるを得ないでしょう。しかし、単なるかすかな動きの気配というより、名前を呼ばれて、おもむろに動き出す気配のようなものがここからは感じられます。景が目だけでなく、気配として捉えられているようなリアルな感じがします。

一般に比喩表現が、特に短歌や俳句のような詩型のなかで成功するかどうかは、類似性よりは、より強く意外性にあるように思われます。「紅葉のような手」とか「綿のような雪」と言った、手あかのついた比喩や、使い古された表現によるのではなく、自分の見つけた新しいものの見方を導入すること、そこにこそ比喩表現が生きるかどうかの分かれ目があるようです。

ほほゑみに肖てはるかなれ霜月の火事のなかなるピアノ一臺

塚本邦雄《つかもとくにお》『感幻樂《かんげんがく》』

恥ずかしい話ですが、初めてこの一首を読んだとき、私には、この「ほほゑみに肖《に》てはるかなれ」という比喩がわかりませんでした。歌を始めてまだ一年にも満たなかった私は、大胆にも作者塚本邦雄の前で、この歌はわからない、いいと思わないとまで批評をしたのでした。今では、塚本邦雄の代表歌のひとつと誰もが認めるこの一首をです。

今から思うと冷や汗ものですが、無知ゆえの怖い物知らず、なんともお粗末なことでした。もちろん、今ではこのイメージの鮮烈さはよくわかりますし、塚本の代表歌のひとつと認めていますが、逆に考えると、このように、素人の読者、歌に慣れていない読者、もともと感性に乏しい読者にはわからないくらいの意外性こそが、比喩表現の生きる場であると、いささか逆説的に言っておいてもいいかもしれない。

昔、ケンパやビー玉などの遊びで順番を決めるとき、向こうに一本線を描いておいて、こちらから石を投げる。その石が線にいちばん近い人が一番手になる。しかし、線を少しでも越えてしまえばその人はビリなどという順番の決め方をして遊びました。比喩においても意外性がインパクトを与えるけれど、あまり遠くへ飛ばし過ぎて、一線を越えてしまうと、読者の理解を越えてしまって、表現としては成り立たなくなる危険性もある。それでは元も子もない。

しかし、投稿歌などを見ていると、あまりにも冒険に乏しい歌が多すぎる。初めから読者の理解力はこのあたりだろうと過小評価したり、ここまで意外な飛ばし方をすると誰もわかってくれないだろうと、自己規制をし過ぎなのではないでしょうか。私は、ときどき「比喩はブーメランのようなもの」だと言うことがあります。ブーメランは、「く」の字型をした板を飛ばす狩りの道具で、オーストラリアなどで使われていました。遠くへ投げてやると、大きく弧を描いて投げた人の手許まで帰ってきます。遠くへ飛ばすのを躊躇していたりすると勢いを失って戻ってきません。比喩もブーメランと同じで、恐れないで、おもいっきり遠くへ投げてみようというつもりで思いきった表現を用いた方が、却って読者の胸へ届くものなのです。縮こまった比喩がいちばん手がつけられません。

何度も言ったことではありますが、読者は、そして選者は、作者が思っているより、実はずっと読み上手であり、ほとんどの場合、作者の意図以上にその思いをわかってくれるものなのです。そこを信頼して、とっぴな比喩やものの見方が出てしまっても、それを抑え込むことなく、思い切って全開してやって欲しいと思います。

比喩表現は、あえてする表現法です。普通の叙述体ではあらわせない以上のものを伝えたいというときに採用される方法であるとも言えるでしょう。で、あればこそ、思い切った比喩、自分だけのオリジナルな比喩で冒険してみるという思いきりの良さが作品の成功の鍵です。無難な、誰もが使うような比喩ならあえて使うこともない。わかってくれないかもしれないという不安を抱えながらも、えいやっと、どきっとするような新鮮な比喩に挑戦してみてはどうでしょうか。

ヒント29 花も紅葉もなかりけり――否定と反語

「ない」は「ある」の否定。「好き」は「嫌い」の逆。こんな当たり前の法則が破れたら、日常会話は成り立たなくなってしまいますが、詩歌の上では、往々にしてそんな法則を無視した使い方がなされ、それはそれなりに効果を発揮したりします。

もちろんそんなことは詩歌の上だけのことではなく、詩歌と同じようにむずかしい女心を斟酌《しんしゃく》するときにも、コトは同じなのかもしれません。「あなたなんて大っきらい」という科白《せりふ》を真に受けていたのでは、恋の成就はままならない。

ここでは、最初に、レトリックとしての否定表現の意味を考えてみましょう。

見わたせば花ももみぢもなかりけり浦のとま屋の秋の夕ぐれ　藤原定家《ふじわらのさだいえ》『新古今和歌集』

古来「三夕《さんせき》の歌」として有名な一首ですが、まず「見わたせば花ももみぢもなかりけり」に注目しておきます。今は秋、その夕べの景のなかで、目の前には花も紅葉も華やいだものは何も見えない、とこの一首は歌っています。この歌からは、私たちは、文字通り秋の夕べの物さびしい風情を感じ取りますが、その背後にかすかにではあっても、花と紅葉とをイメージすることはないでしょうか。定家自身は、「なかりけり」と言っているにもかかわらず、そう言われることによって、読者はいったん花と紅葉を思い浮かべ、その華やかな景の残像のなかに、今それらが見えない目の前の景を思い浮かべます。

そう、ここでは、「ない」と言われることによって、かえって、無いはずのものがくっきりと意識されるという不思議なイメージのたちあらわれ方が見て取れます。それがこの歌の強いイメージ喚起力となっています。

炎ゆる土忽然と褐色の鳩降《お》りて忽然と無し眼を上げしとき　　高安国世『虚像の鳩』

炎《も》えるような地上の夏に、忽然《こつぜん》と鳩が舞い降りる。気配でそれを感じていた作者が、眼を上げると、もうそこには鳩の影も形も見えないという歌です。「忽然と無し」と歌われているのですから、そこに鳩はいないはずなのですが、先の定家と同様、「無し」と否定されることによって、かえってくっきりと鳩のイメージが浮かんでしまいます。歌集のタイトルそのものですが、そこには、「虚像の鳩」がありありと見えてしまう。

人も馬も渡らぬときの橋の景まこと純粋に橋かかり居る　　齋藤《さいとう》　史《ふみ》『密閉部落』

もう一首、この歌もそのような否定されることによっていっそう鮮明に無いはずのものがイメージの表層に浮かび上がってくる例でしょう。まったく何もないときの橋という存在を、「まこと純粋に橋かかり居る」と表現しています。普段は人や馬を渡す〈機能〉として意識されていた橋が、それらがいっさい無くなったとき、純粋な「存在」として意識されるようになったというのです。いい歌だと思います。

この一首でも、「人も馬も渡らぬときの」と否定を強調されることによって、逆に、人や馬でごった返している状態が意識の裏からくっきりと浮かび上がり、その景をイメージに保ったまま、いま眼前にそれら余剰をそぎ落とした純粋な存在としての橋がくきやかに立ち現れてくるのです。

このように、「ない」と歌えば文字通り「ない」ことを表現するわけなのですが、読者の心理としては「ない」と殊更《ことさら》に言われることによって、かえってその無いはずのものを鮮明にイメージさせるという効果が否定表現には大きな効果としてありそうに思われます。

あかるさの雪ながれよりひとりとてなし終の敵、終なる味方

三枝昂之《さいぐさたかゆき》『地の燠《おき》』

昔から三枝昂之の歌のなかで愛誦している一首です。雪が明るく降り流れてくる。その明るさのなかで、不意をつかれるようにして意識に上ったのが、下句のひえびえとした認識だったのでしょうか。「ひとりとてなし終の敵、終なる味方」は、まことに冷徹な、しかし確かに、誰にも思い当たるところのある思いであるでしょう。

雪だから寒々とした思いにとらわれたのではなく、雪の降り方が明るいゆえに、普段は深層に押し込められていた意識が、鬱勃《うつぼつ》と浮かび上がったのでしょうか。「終なる味方」だけでなく「終の敵」も自分は持つことができない、とはもちろん自己肯定ではありません。そんな激しい好悪の感情から薄膜を隔てたように存在している自分という存在に向けられた激しい嘔吐《おうと》のような感情であったのかもしれません。

いっぱんに「ある」という表現に比べて、「ない」という表現のほうがはるかに強い力をもって、イメージを浮かび上がらせることができる。いったん口にしてしまったことばを慌《あわ》てて訂正に相努めるといった経験は誰にもあるでしょうが、そんなとき、打ち消そうとすればするほどに、先のことばがだんだん重く自分にも相手にものし掛かってくるということはなかったでしょうか。

「ある」は文字通りそこに存在するものをなぞるのですが、「ない」と断定するときには、いったん「ある」はずのものを思い浮かべて、それからそれを打ち消すのです。そこに肯定より否定が強く響く所以《ゆえん》があります。修辞法としての否定表現の強さはそこに由来しますが、「ない」という表現が大きく迂回《うかい》して「ある」状態を思い起こさせるとは、また、まことに大いなる反語ではないでしょうか。

動物園に行くたび思い深まれる鶴は怒りているにあらずや

伊藤一彦《いとうかずひこ》『月語抄』

修辞としての否定表現の強さを見てきましたが、同じような効果をもつ表現として反語表現があります。

反語とは、辞書的には「断定を強めるために、肯定または否定の疑問の形で問いかけ、当然の応答として反対の結論を読者に要求する表現」（『日本国語大辞典』小学館）ということになります。「黙っていられようか」と言えば、形としては疑問なのですが、まことに明快に「黙っていられるものか」という強い断定を含んでいます。

反対の意味を表すのならば、最初から反対のことばを使っておけばいいではないか、などとは詩歌に携わっている人間なら言わないでしょう。そこには当然、そのような回りくどい表現だけが持ち得る表現の強さがあるはずです。

前にもあげた伊藤一彦の一首。動物園に行くたびに鶴を見ていたのでしょう。過剰な自己表現をしない鶴。淡々といつもそこに居るだけのような鶴に、ある日、ふと伊藤は怖れにも似た思いを持った。あんな寡黙《かもく》でおとなしい鶴だが、じつはあの寡黙は怒りの表現ではないのか、本当は怒っているのではないか。「怒りているにあらずや」と疑問を投げ掛けてはいますが、伊藤の足が、「怒っているに違いない」という側に大きく踏み出していることは改めて指摘するまでもありません。

なぜそんな回りくどいことをするのか。論理学では「否定の否定は肯定である」ことは明白です。しかし、文学表現においては、「怒っている」という断定と、「怒りているにあらずや」という反語表現とは、明らかに別物なのです。

作者は、「怒っている」という結論を言いたいのでは決してなく、ひょっとしたら怒っているのではないかという疑問から、たぶんそうに違いないと思うまでの、〈X〉と〈反X〉の往復運動のなかでなされる思考、認識の過程こそが、詩の現場そのものなのです。そして、結論ではなく、思考、認識の現場を再現することこそが、詩歌、わけても短歌という形式で表現をすることのもっとも大切な側面なのだと私は考えています。

幾山河越えさり行かば寂しさの終《は》てなむ国ぞ今日《けふ》も旅ゆく　若山牧水《わかやまぼくすい》『海の声』

近代短歌のベストテンには確実に入る、誰でも知っている一首です。何が言いたいかと言えば、「寂しさの終てなむ国ぞ」に籠《こ》められた反語表現であります。幾山河を越えて、どこまでも行けば、そこに「寂しさの終てなむ国」は見つかるだろうか、と牧水は疑問を投げ掛けます。その疑問がとうていイエスと答えられるものではないことは、作者とともに読者にも、当然のことながら了解済みのことであるでしょう。

しかし、その了解は、最初からそんなものはないのだという表現とはまったく違ったものです。いったん疑問という形を通ることによって、否定は単なる否定を越えて、はるかに強い断念、諦念《ていねん》の意識に繫《つな》がっているはずです。そこから、はじめて、それでも私は今日も旅行くという行為の孤独がいきいきと伝わってくるのでしょう。

死の側《がは》より照明《てら》せばことにかがやきてひたくれなゐの生《せい》ならずやも　齋藤　史『ひたくれなゐ』

昏れ落ちて秋水黒し父の鉤《はり》もしは奈落を釣るにあらずや　馬場あき子『桜花伝承』

マッチ擦るつかのま海に霧ふかし身捨つるほどの祖国はありや　寺山修司《てらやましゅうじ》『空には本』

冬の斧たてかけてある壁にさし陽は強まれり家継ぐべしや　同

齋藤史と馬場あき子は、否定の問いかけのなかに、肯定を見て取っています。「ひたくれなゐの生であるはずだ」といい、「奈落を釣っているはずだ」と想像しているのです。一方、寺山修司の二首は、いずれも肯定の形でなされる問いかけが、強い否定の結論に繋がっています。「身を捨てるほどの祖国などあるはずがない」「継ぐべき家など私にあるものか」といった強い否定の感情が揺曳《ようえい》しています。

しかし、それらは単なる反対の表現だけではありません。〈X〉を否定した〈反X〉は、〈X〉ではないと言いつつも、そこに必ず〈X〉を強く意識した〈反X〉が意識されています。表現としては、〈X〉と〈反X〉の間を絶えず揺れ続けることによって、そのふたつのイメージの懸垂のなかに、あるいは共鳴のなかに、単純に結論を述べただけでは決して達することのできない、表現の膨らみを獲得しているのだと考えられます。

ヒント30

古い技法の新しさ――枕詞と序詞

古典和歌では必須のレトリックとして頻繁に用いられていたにもかかわらず、現代ではすっかり影をひそめてしまったと感じられるものがいくつかあります。枕詞《まくらことば》、序詞《じょことば》、掛詞《かけことば》がさしあたりその代表でしょう。

正岡子規が始めた、明治の和歌革新運動は、古今集的な修辞に凝った、実感の薄い歌を徹底的に排除し、攻撃し、生活に根差した歌を唱導しました。作者＝作中の〈私〉という図式も、そのような文脈から生まれてきた約束事になりました。

しかし、古いものすなわち悪であるという図式も、古いものでは現代は表現できないという思い込みも、古いから捨ててしまおうという能天気さも、どれも素朴に信じていられるほど私たちは単純ではありません。

古典和歌で多用され、洗練され、そして共通の技法となったこれらの方法は、それに依存ばかりしていたり、溺れたりしていては、和歌革新で子規たちが一蹴したとおりの月並みなものにしかなり得ませんが、いっぽうでそれら古い技法を新しくよみがえらせてみようと試みることも、千三百年続いてきたこの詩型に携わるものの楽しみでもあり、心意気でもあり、そしてなによりひそかな誇りでもあるのではないでしょうか。

ここでは枕詞と序詞を中心にして、それらが現代短歌でどのように生きているかを見てみることにしましょう。

あぢさゐの藍《あゐ》のつゆけき花ありぬぬばたまの夜あかねさす昼

佐藤佐太郎『帰潮《きてう》』

この一首における「あかねさす」「ぬばたまの」が枕詞であることは、改めて説明するまでもないでしょう。まことに単純な歌で、解釈などはまったく不要と言うしかありませんが、「あぢさゐの藍のつゆけき花ありぬ」というただひとつ事を言って、なおしみじみと余韻の深い歌となっています。それが下句「ぬばたまの夜あかねさす昼」のリフレインに由来することは言うまでもありません。単に昼も夜も紫陽花の花がつゆけくあったというだけでは説明にしかなりませんが、枕詞の響きを駆使しながら、のびやかな声調へつなげているところがこの歌の魅力でしょう。

——**枕詞**　修辞法の一つで、冠辞・頭辞などともいわれる。ある一定の語に冠してこれを修飾し、また語調をととのえるのに用いることば。（略）序詞と異なり、固定性・社会性があって一回的用法をもつものではない。通常五音節一句から成るが、まれに三、四音節のものなどもある。この点においても、音数不定の序詞とその性格を異にする。発生期にあっては、実質的な修飾の語句や、呪術的なほめ詞であったと思われるが、次第に直接の意味を失い、単純な修飾語となった。

有吉《ありよし》　保《たもつ》編『和歌文学辞典』

古典和歌以来これまでに使われてきた枕詞は、総数千二百語もあるのだそうです。それにしても「固定性・社会性があって一回的用法をもつものではない」とされる枕詞が、千二百通りもあるということは、逆に、いかに私たちの関っている和歌・短歌という詩型が、膨大な蓄積を抱え、その上に成り立っているかということを炙り出しているようです。

しかし現代では、「久方の」「さねさし」「梓弓《あずさゆみ》」「青丹《あおに》よし」「千早振《ちはやぶ》る」などと数えあげて、すぐに十も二十も枕詞が口を衝く人はむしろ少ないのではないでしょうか。現代の私たちがそのほんの一部しか知らないのは、残念な、惜しい気がします。

それでは、なぜ枕詞を用いるのでしょうか。ここでは枕詞の発生史に詳しく足を踏み入れることはしませんが、ある一つの語を呼び出すために、その呼び出すための装置として誰もが知っている五音（ないし四音）からなる冠詞を置くことによって、作者と読者の共同性を生み出す仕掛けと考えることができそうです。もともとは呪詞、諺《ことわざ》、褒《ほ》め詞的なニュアンスがあったのでしょうが、それが消えたあとも技法として残っていったのです。

しかし実作の場ということを考えてみると、言葉の経済学の上からは、枕詞を用いるということは〈意味〉の拡大に貢献することはまったくなく、まことに不経済というほかはありません。しかし、ここでもう一度以前に述べたところを思い出してください。短歌では意味を詰め込むだけではだめで、むしろできるだけ意味を希薄にし、その分、情感を引き出すための仕掛けが大切なのです。単純化ということを言い、説明を避けるということを繰り返し言ってきた所以《ゆえん》です。

枕詞は別の見方をしますと、意味に縛られることから自由になり、韻律のゆるやかな歩調に情感を添わせることによって、歌をしみじみと音感や韻律、あるいは皮膚感覚で感じる仕掛けなのかもしれません。佐太郎の掲出の一首は、そのことを容易に納得させてくれるのではないでしょうか。

あしひきの山川の瀬の鳴るなへに弓月《ゆつき》が岳に雲立ち渡る

柿本人麻呂《かきのもとのひとまろ》『万葉集』巻七・一〇八八

あしびきの山のはざまに自《みづか》らはあかつき起《おき》の痰《たん》をさびしむ

斎藤茂吉《さいとうもきち》『石泉』

いふほどもなき夕映にあしひきの山川呉服店かがやきつ

塚本邦雄『詩歌變』

「あしひきの」は現代でももっともポピュラーな枕詞の一つですが、『万葉集』から塚本邦雄まで、その使い方を見てみると、そこに微妙な差もかいま見えるようで興味が尽きません。「あしひきの」と言えば、まず誰もが人麻呂のこの一首を思い浮かべるでしょうが、この枕詞に導かれた一首の声調はどうどうとして、気宇の大きな歌になっています。茂吉は枕詞の使用例の多い歌人で、なかでも「あしひきの」は茂吉の全作品中、四十二首にその使用例が見られます。同じく「あしひきの」と歌い出しても、人麻呂のような壮大な景色にはならず、朝起き出して痰の出るのをさびしむと、いかにも近代の歌人らしい沈潜の仕方、韜晦《とうかい》の仕方が出ていると言えるのではないでしょうか。

塚本邦雄の一首は、以前にも紹介した「山川呉服店」シリーズの最初の歌ですが、ここでは枕詞を固有名詞に接続させ、してやったりとほくそ笑んでいる作者が目に見えるようです。枕詞という古い技法を現代の短歌に再生させようという意図と、単に古い技法を古い用法のままではなく、何とか新しい息吹を吹き込みながら使ってみたいという願いとがこもごもに感じられるのではないでしょうか。

次に序詞について見ることにしましょう。長塚節《ながつかたかし》の代表歌として私の好きな一首。

馬追虫《うまおひ》の髭のそよろに来る秋はまなこを閉ぢて想ひ見るべし　長塚　節『長塚節歌集』

「馬追虫の髭《ひげ》の」までが序詞として「そよろに」を導く働きをしています。枕詞が「固定性・社会性」をもつのに対して、序詞はより自由であるところが特徴であります。

「二句以上または七音節以上から成り、一首全体とは直接の意味的連関をもたず、主想の一部を導き、その詩句を修飾することば。機能としては序詞に似るが、固定的・慣用的でない点が異なる。」

と、有吉保編『和歌文学辞典』は述べています。そして、「足引きの山鳥の尾のしだり尾のながながし夜を一人かも寝む」のように比喩《ひゆ》によるもの、「立別れいなばの山の嶺に生ふるまつとし聞かば今帰り来む」のように掛詞によるもの、「みかの原わきて流るるいづみ川いつ見きとてか恋しかるらむ」のように同語反復による序詞の用法を説明しています。

これらはいずれも序詞の代表例としてよく引かれる歌ですが、古典和歌の技法としてほとんど省みられることがなくなったように見える序詞も、仔細に気をつけていれば、現代短歌においてもしばしば用いられており、それに気付いた読者だけが、にやりとできる仕組みになっているところがおもしろい。

蓋とじて潮みちくるを待つ貝の福田康夫は動き出すのか　巻　桔梗

「朝日歌壇」で採った作品ですが、おもしろい歌だと思いました。自民党総裁選が二〇〇六年の秋に行われました。それに誰が立候補するのか、その下工作と下馬評とが飛び交っていた頃の一首です。その中でもこの作者はどうやら福田康夫の動きに注目しているらしい。その福田康夫を形容するのに、「蓋とじて潮みちくるを待つ貝」を持ち出したところが、にやりとさせないでしょうか。「……の」として修飾される名詞につなげるのは序詞の常套《じょうとう》法ですが、固く口を閉ざして意思表示をしなかった福田氏もようやく「動き出すのか」として、さあ、いよいよ総裁選本番と興味をそそられているのでしょうか。もっと深い政治的信条もあるのかもしれませんが、それはここでは関係ないとしておきましょう。

篠懸が雲間に装う迷彩の陸士は還れ桜咲く頃　上野寛二

これもやはり新聞歌壇で採った歌。イラクへ派遣された自衛隊員に、桜の咲く頃《ころ》までには還っておいでと願っている歌でしょう。イラク兵士に寄せる歌は数え切れないほど寄せられましたが、この一首に注目したのは、あからさまにスローガンだけを言うのではなく、景のなかに自分の言いたいところをうまく溶解して、一首のもつ景の喚起力を利用しながら、主張をさりげなく述べているところにありました。この一首でも「篠懸《すずかけ》が雲間に装う」が、序詞として「迷彩の陸士」にかかっている構造を容易にみることができるでしょう。なるほど言われてみると篠懸の木の幹はいかにも迷彩服を思わせます。その発見をさりげなく取り込みながら、作者のいちばん言いたいところ、早くイラクから戻ってきて欲しいという結句につなげたところが手柄ではないでしょうか。

最後に、私自身の昔の歌を挙げておきます。序詞を意識して作ったわけではありませんでしたが、結果的にそうかこれは序詞なのだと納得したことを覚えています。これらに限らず、枕詞も序詞も、そして掛詞も、過去の遺産として敬遠するのではなく、せっかく先人が残してくれた技法なのですから、自分の作歌にもどこか生かせる方法はないか、そんな試みも取り入れることで、自分の歌の世界が意外な広がりを見せるかもしれません。

ふりむきて泳ぐようなるまなざしのしばしわがことをのみ思いいよ　永田和宏『黄金分割』

水打ちて水ほとばしる午過ぎのあわれきりもむごとき性欲　同『無限軌道』

ヒント31
引用をするつもりで――本歌取り

二〇〇五年に亡くなった塚本邦雄さんは、断言癖の強い歌人でしたが、数多い塚本語録のなかに、私たちが作る短歌作品のなかで、一首たりとも、本歌取りならざる歌はない、というものがあり、強く印象に残っています。つまり、私たちは、自分の独創であると思いながら、いろいろな歌を作って発表しているが、それらの歌にはどういう形にせよ、必ず先行する作品のなんらかの影響や痕跡があるものだ、ということでもありましょう。

かつて古典和歌には、本歌取りという手法がありました。定義として言えば、本歌取りとは「有名な古歌の表現を取り用いて自歌を構成し、その古歌の世界を背景にして、表現・情調の重層化・複雑化をはかる表現手法」(『和歌文学辞典』有吉保編)ということになります。

藤原俊成《ふじわらのとしなり》によってはっきりした手法として意識され、その子定家によって体系づけられた本歌取りは、なかなか面倒な規則を持っていました。どのくらいの分量なら本歌を引用することができるか、引用する語句を本歌と同じ位置においていいか、本歌と同じ心(着想)で歌ってはいけない、などなど、詳しい規則が定められました。なにより、本歌として採用していいのは、『古今和歌集』、『伊勢物語』、『後撰和歌集』などいくつかのものに限るなどという規則もあり、これはなかなか面倒そうに見えます。

現代では、もちろんそのような本歌取りの規則などは存在しません。そして規則に縛られることなく、先人の作品を「引用」というつもりで、もっと積極的に取り入れてもいいのではないかと、私などは思っています。まず、身近な例をいくつか挙げてみることにしましょう。

雉食へばましてしのばゆ再た娶《ま》りあかあかと冬も半裸のピカソ　　塚本邦雄『綠色研究』

この歌では一読、「ましてしのばゆ」が特に目立ちます。それもそのはず、これは有名な山上憶良の長歌を下敷きにしているのです。

瓜はめば　子ども思ほゆ　栗はめば　ましてしのばゆ　いづくより　来たりしものそ　まなかひに　もとな懸かりて　安眠《やすい》しなさぬ　　山上憶良《やまのうえのおくら》『万葉集』巻五・八〇二

瓜や栗を「はめば」、子どものことが思われると、『万葉集』では珍しい子を歌った一首です。憶良の一首を本歌として、「雉食へばましてしのばゆ」と歌い出しますが、その偲《しの》ばれるものが、なんと「冬も半裸のピカソ」であるのには驚かされます。

この一首、憶良の一首を知らなくても、もちろん鑑賞することはできます。第二句がちょっと変だな、くらいにひっかかりながら、ピカソを思うことでも鑑賞は成り立つでしょう。しかし、そこに憶良の一首をかすかに思い浮かべながら読むとき、ピカソへ及ぶ連想の飛躍に驚かされることになるはずです。

本歌取りは、いかに本歌を〈自分の〉作品に利用できるか、それが醍醐味《だいごみ》だと言えるでしょう。本歌に遠慮していては、本歌に引きずられることにしかなりません。換骨奪胎ということばがありますが、まさに本歌を換骨し、奪胎するくらいの意気込みがないと負けてしまいます。

おおはるかなる沖には雪のふるものを胡椒こぼれしあかときの皿　塚本邦雄『感幻樂』

『感幻樂』では、『田植草紙』や隆達節《りゅうたつぶし》などさまざまな古典を積極的に取り入れようとしていますが、この一首については最近までその本歌（？）の存在を知りませんでした。ある座談会で馬場あき子さんから教えてもらったこの歌の本歌は、狂言「石神」の小歌にあったのでした。

おおはるかなる沖にも石のあるものを恵比寿御前の腰掛けの石　狂言小歌

残念ながら私は狂言小歌のほうは、知識がなくても何も言えませんが、なるほどこんなところにまで塚本邦雄の知識は及んでいたのかと、今さらながら驚かざるを得ませんでした。

本歌取りと言っても、何も本歌の意味内容を取り入れるだけが、手法としての意義ではありません。右の一首にみるように、初七音を取り入れた韻律のおもしろさであってもいいのです。要は、原典をなんらかの形で〈引用〉することによって、自分だけの表現では出てこない、複雑性、重層性、つまり奥行きと別の味付けができるというところが〈引用〉の魅力なのではないでしょうか。そして、願わくば、本歌を寒からしめるような一首をもって、本歌に挑戦する、そんなスリリングな手法であると言ってもいいかもしれません。

ここで大切なこととして強調しておきたいことは、本歌を知らなければ歌として成立しないというのではそもそも困るということ。本歌は歌の味付け、かくし味程度に作用することが大切だと私は思っています。

もの言わで笑止の蛍　いきいきとなじりて日照雨《そばえ》のごとし女は　永田和宏『やぐるま』

私のこの一首も実は本歌取りのつもりで作っています。「もの言わで笑止の蛍」がそれです。原典は、『閑吟集《かんぎんしゅう》』にあります。

我が恋は　水に燃えたつ蛍々《ほたるほたる》　物言はで笑止の蛍　『閑吟集』小歌

「笑止」は現在では失笑とか冷笑に近いニュアンスを持ちますが、もともとは気の毒、かわいそう、痛ましいといったニュアンスが強かったようです。「水」は「見ず」に、「蛍」は「火垂《ほた》る」から「恋」の縁語として使われます。水辺で燃え立つ蛍のように、思いを伝えることができず哀れな蛍（すなわち、私）よ、といった意でしょうか。

それに対して、私の蛍は現代の蛍。いきいきと男をなじって、あとは天気雨のようにからりと笑っている女、小憎らしいけれど、敵わないなと思ってこちらも苦笑い、と、まあ、そんなイメージで読んでいただけるとありがたいと思っています。

この一首は、もちろん「物言はで笑止の蛍」に触発されて作ったものです。もっと言えば「笑止の蛍」という不思議な用法に触発されたといってもいいでしょう。それだけのことですが、この一首を引いて話をしてもらったり、批評してもらったりするときに、『閑吟集』に話が及ぶと、私もとてもうれしくなります。その評者とは、知識の共有という意味で連帯感が生まれるような気がするからです。

歌を作るという行為は、自分の感覚だけが頼りの孤独でしんどい行為に違いありません。しかし自分の感覚だけに閉じこもると窮屈になりすぎます。利用できるものは何でも取り入れてやろう、という風通しの良さがおもしろい歌につながるように思います。

もう一首私の歌を例に挙げさせてください。

放射性物質《アール・アイ》わが日常に乱るれど感性毳立つばかりにて候《そろ》

永田和宏『やぐるま』

この歌を作った直後、小池《こいけ》光《ひかる》が「十人の皆様江」という文章を書いて、この一首を論じてくれました。この一首は、実は何も明記しませんでしたが、先行するある歌人の作品への返歌だったのです。

放射性物質《アール・アイ》あつかふ部屋の若者はおどろくばかり感性撓《しな》ふ

岡井《おかい》 隆《たかし》『マニエリスムの旅』

私の一首は、岡井隆の一首に対して、日々現場で放射性物質（放射性同位元素《ラジオアイソトープ》＝ＲＩ）を扱っている人間としては、ＲＩなんてそんなカッコいいものではありませんぜ、とちょっと挑戦的に作ったものでした。もちろん岡井さんはわかってくれるでしょうが、みんながこの歌に反応してくれるとは初めから思っていませんでした。

小池光は、そこにピンときてにやりとした。そして、私のこの歌が何を言おうとしているのか、岡井の歌を想い出しておもしろがれる人間は、全国に高々十人くらいだろうと言ったのでした。たった十人くらいにしか、この歌のちょっとした、にやりとするおもしろさはわからないかもしれない。しかし、みんなにわかるけれども、毒にも薬にもならない歌の氾濫《はんらん》する時代にあって、この「十人の皆様」に賭けるちょっとした悪戯《いたずら》は、当たり前の感性で当たり前の歌しか出てこない歌壇に、あるいは風穴を開けることができるかもしれないと、そこに小池の論の骨子がありました。

みんなにわかってもらおうと思って説明しすぎるから、歌がわかりすぎてつまらなくなる。わかってもらおうと思わずに、わかってくれるはずだと読者を信頼して歌を作ることの大切さを、私はこれまで繰り返し言ってきました。私の悪戯に気づいてくれた人間が少なくともひとりは居たということとともに、忘れられないうれしい文章でした。

私はここで本歌取りというような堅苦しいものではなく、先行する作品を「引用」として積極的に活用することを奨めたいと思って書いています。先行作品とは、歌だけに限られず、音楽でも、絵画でも、あるいは歴史的な知識でも構わない。一首の歌を通じて、先行する作品に間接的にでも触れることができること、そして目にしている一首だけでなく、先行作品まで共有することができること、これも歌を読む大きな喜びではないでしょうか。

特に先行する和歌・短歌が、本歌取りとして引用されることは、すぐれた歌を残していくことにもなるでしょう。歌は繰り返し引用しながら、みんなが覚え、共有の財産として残していかなければなりません。そうしなければやがて歌は滅びていかざるを得ない。本歌取りは、先に述べたような本来の効用のほかに、一方で、誰もが共通の文化を共有するというもうひとつの大きな意味を持っているとも思うのです。

かつて藤原俊成が「源氏見ざる歌詠みは遺恨の事なり」と言ったそうです。『六百番歌合』の判詞としての言葉ですが、歌の批評がなされたとき、歌の中に潜ませてあった『源氏物語』の場面をわきまえない批評に、俊成が怒りもあらわに切って捨てた一節であります。以来、「源氏見ざる歌詠みは遺恨の事なり」は、歌を詠むほどの者ならば、『源氏物語』くらいは最低でも読んでおかなければいけないという、謂《い》わば教養としての知識の基準を言うことばになってきましたが、私はそこにもう一つ、歌というような短い詩型にあっては、共通の知識を前提にしなければ奥行きのある表現は十分にはできないし、また逆に一首の歌の背景までをも共有する仕掛けとして、短歌を味わうことも大切なことであると読み替えてみたいと思っているのです。

ヒント32 三つ四つ二つ――数詞のくふう

――秋は、夕暮。夕日のさして、山の端《は》いと近うなりたるに、烏《からす》の寝どころへ行くとて三つ四つ二つなど飛び急ぐさへあはれなり。まして雁などのつらねたるがいと小さく見ゆるは、いとをかし。日入り果てて、風の音《おと》、虫の音《ね》などはた言ふべきにあらず。

清少納言《せいしょうなごん》『枕草子』

『枕草子』冒頭のこの一節はあまりにも有名です。誰もが高校などで習ったのではないでしょうか。私も例に漏れず、『枕草子』や『平家物語』などの冒頭の一段は宙《そら》で覚えて、口遊《ずさ》んだりしたものです。ついでに言うと、高山樗牛《たかやまちょぎゅう》の『滝口入道』の冒頭なども、うっとりするほどの格調の高さがあり、今でもよく憶えています。高山樗牛など、今の若い人たちはほとんど知らなくなったのは残念なことだと思わざるを得ません。

閑話休題。この『枕草子』の一節を習ったとき、とても不思議な気がしたのを憶えています。なぜ、「二つ三つ四つ」でなく、「三つ四つ二つ」なのだろう。そんな素朴な疑問は誰もが抱くのではないでしょうか。事実国文学者のあいだでも議論のあるところらしく、田中重太郎著『枕草子全注釈』でも、異本には「三つ四つ二つ三つ」というのもあり、その場合は「三つ四つ・二つ三つ」と区切って読むべきだろうという議論のあることが紹介されています。田中先生自身は、『枕草子』

では他に、「花も糸も紙も」や「女児も男児も、法師も」など、三つを並べる句法があることから、「三つ四つ二つ」を採りたいとされており、なるほどと思わされます。

なぜ「三つ四つ二つ」のほうがいいのかと問い詰められると困りますが、「二つ三つ四つ」の整合性よりは断然このほうがいいとは直感が教えるところ、単純に数が並んでいるより、ランダムに並んでいることによって、オヤっと思う。そのちょっとしたオヤっこそが、詩の入口であるとも言えます。

量《かさ》低くなりたる髪をあわれみてうたびとのひとりふたりみたりは言えり　永田和宏『華氏《かし》』

演技《しな》多き女に疲れ池の辺を行くとき樫の実の二つ三《み》つ六《む》つ　同『饗庭《あえば》』

どちらの歌も、数詞を使うにあたって、少し立ち止まった私自身の歌です。昔は私の髪は仁王のごとく立って、処理に困っていたのですが、齢《とし》とともにだんだん嵩《かさ》が少なくなってきた。それを時々指摘される。一人が言い、別の一人が言い、そしてまた、という訳です。この場合はどうも順序はこの通りでないとまずい気がする。ふたりやみたりがひとりの前に出てくると、誰もがという感じが出ない。

二首目は、池の辺を歩いているときに、落ちて転がっている樫の実を漫然と見ているという景でしょう。この時、二つ三つ四つと一つ一つ順序よく並んでいると、どうも「演技《しな》多き女に疲れ」て歩いているという雰囲気は出ない。数えているのではなく、なんとなく目に入ってくるという感じが出したかったのかもしれません。

数を並べるにも、あるいはどんな数を持ってくるかという場合でも、ただ事実のまま、というのでも、いかにもそれらしい凝った数を持ってくるというのでもなく、ちょっとした並べ方への意識や配慮があるだけで、歌はがぜんおもしろくなることがあります。

数詞でもっともよく用いられるのは、「ひとつ」あるいは「一人」という用法ではないでしょうか。とにかく「一」という数がなぜか歌では特段に好まれる。「ひととき」「一目《ひとめ》」「一日《ひとひ》」「一夜《ひとよ》」「一世《ひとよ》」「一年《ひととせ》」「ひと言」など、数え上げればきりがありません。

死は一つけんめいの死をぞこいねがうわが地獄胸山鳩鳴けり　山田《やまだ》あき『山河無限』

この一首は、めずらしくと言ってもいいかと思いますが、まさしく「一つ」の意味の重さに意識を集中させた歌でしょう。誰のものでもない、自分だけの死、数え切れないほどある死の中で、自分の死はただ一つ。だからこそ「けんめいの死をぞこいねがう」と山田あきは歌います。

あの夏の数かぎりなきそしてまたたつた一つの表情をせよ　小野《おの》茂樹《しげき》『羊雲離散《よううんりさん》』

青春歌の代表的な一首ですが、ここでも「一つ」の意味は重大です。「あの夏」あなたが数限りなく私に見せた表情のなかで、あのとき、あの瞬間だけの忘れ得ない表情、そのたったひとつの表情をもう一度見せよと言う。無理な強要ですが、その暴力性のなかにこそ青春の輝きはあるのかもしれません。

　二〇〇五年八月号の「歌壇」では「戦後六十年、短歌史のエポック」という特集をしていますが、中で三枝昂之が「エポックメーキングな歌百首選」を担当しています。わざとらしさのない、いい選出だと思って読みましたが、その中でおもしろい発見をしました。

　三枝の選んだ戦後の代表歌とも言うべき、百人の百首のなかで、いかに「一」を含む歌が多いかということに今さらながら気づいたのでした。百首の中で「一」を含む歌は十七首ありました。十七首もと言うべきでしょうか。五首に一首ちかく、「一」なる数詞がでてくるのです。これを他の数詞が使われている頻度と較べてみればその差は歴然としています。百首のうち、「一」以外の数詞が使われていたのは、「環状七号線」「千個の南瓜」「千年」「八月」「二段跳び」の五首だけでした。いかに「一」という数が特殊な位置を占めているかがわかることでしょう。

　本当は一首一首検討しなければならないのですが、一般に「一」という実際の数に意味があるというよりは、むしろ虚辞のように「一」が使われているように感じます。特に投稿歌などでは、「ひとり」や「ひとつ」が安易に使われる傾向ははっきりしており、困った時の「ひとり」頼みではなく、おもしろい数詞の使い方はいくらでもあることにちょっとした注意を向けて欲しいものだと思います。


ねむれ千年、ねむりさめたら一椀の粥たべてまたねむれ千年

高野公彦『水行』

千年の昼寝のあとの夕風に座敷よぎりてゆく銀やんま

永田和宏『饗庭』

以前に調べたことがありますが、短歌では百という数字はめったに使われず、むしろ千のほうに圧倒的にアフィニティ（親しみ）が強いようです。

高野の一首には「心疲れたる人に。あるいは自らに。」なる詞書《ことばがき》があります。そんなに疲れていないで、千年ほども眠ってごらん、そして目が覚めたら粥《かゆ》など食って、またお眠り、と呼びかけているのでしょう。「ねむる」「千年」が繰り返され、その中で、粥という一語がじつにやさしく効果的に使われている。

次の私の歌は昼寝から覚めたときの心もとなさを歌ったもの。昼寝覚めというのは特有の寂しさがあり、ちょっと眠っただけなのに、目が覚めて夕暮れが近いときなど、世界からひとり取り残されたような幼い寂しさを感じるものですが、そんな田舎生活のなかの一首です。

千年などという言葉は、むしろ虚辞であり、本当に千年も眠れるわけはありませんが、いずれの歌も、思いを茫漠《ぼうばく》とむこうの方までほうり投げると言った趣でしょうか。ちなみに、先の「歌壇」誌で三枝昂之があげているものに、

トレーラーに千個の南瓜《かぼちゃ》と妻を積み霧に濡れつつ野をもどりきぬ

時田則雄《ときたのりお》『北方論』

がありました。この歌、千個は南瓜だけにかかっているのですが、「千個の南瓜」と「千個の妻」

とも読んでしまいそうで、そこがちょっとユーモラスなおもしろい歌になっています。
与謝野晶子《よさのあきこ》に数詞が多く出てくることは、佐佐木幸綱はじめ多くの指摘がありますが、確かに印象に残る歌のなかで数詞の効果の大きい歌がすぐに思い浮かびます。

ほととぎす嵯峨《さが》へは一里京へ三里水の清滝《きよたき》夜の明けやすき　与謝野晶子『みだれ髪』
その子二十《はたち》櫛にながるる黒髪のおごりの春のうつくしきかな
狂ひの子われに焔の翅かろき百三十里あわただしの旅　同『舞姫』
夏のかぜ山よりきたり三百の牧《まき》の若馬耳ふかれけり

まだまだありますが、これだけを見ても、晶子が数詞を多用していた歌人であることは了解できます。その数詞の多くは、現実の数値を重視していたというよりは、数が心のなかに揺曳するイメージを大切にしていたという気がします。
一首のなかに入れられたとき、数字は他の言葉以上に目立ったものにならざるを得ません。その目立ち方が、いかにも凝っている場合などは、数字に歌が負けてしまうことになりかねませんが、逆に数字で遊ぶこともたまにはおもしろいかもしれません。

一に菜の花、二に桜さく三月の四国に居れば五歳の童子　高野公彦『水行』
追悼の文といえどもほのぼのと３４２と打ちて三四二と変換《なお》す　永田和宏『華氏』

高野の一首は、すぐにわかるように一から五までを順に歌い込めた言葉遊びと言ってもいいでしょう。故郷である四国愛媛を歌いつつ、自分の幼時への回想を含んでいるでしょうか。思わずなごやかな気分になる一首でもあります。

私の歌は、本当はもう少し深刻な歌ですが、昭和の最後の日に亡くなった上田三四二《みよじ》さんの追悼歌なのです。名前をワープロで打つのに、「みよじ」と入れても出てこない。むしろ「３４２」と打って、変換キーを押すといっぱつで「三四二」が出てくる。追悼文という辛い文章を書いているのであるけれど、その時ちょっとほのぼのとした気分になった。上田さんという人の人柄とも通いあうところがあるなあ、などと思ったのでした。

いつも言い続けていることですが、こうしたら歌が良くなる、などという処方箋はありません。数詞も使えばいい、というものでもないでしょう。しかし、いつもいつも「ひとり」や「ひとつ」で間に合わせるのではなく、この場合はどんな数詞がおもしろいだろうかとか、冒頭で述べたように、同じ数字でもどんな並べ方がいいだろうかとか、ちょっと意識的になる、あるいは普段から数詞に意識的になっているだけでも、実際の作歌の場面ではずいぶん役に立つことがあるものです。

ヒント33

ルビの達人

わかりにくい漢字にはルビ（振り仮名）をつける。正しく読んでもらうためには当然の配慮ですが、作歌の現場では、どこまでの漢字にルビを振るかは、最後まで意外に悩ましいものです。ルビは多すぎたり、余計な漢字にまでついていると煩しい限りですが、いっぽうで、目を瞠《みは》らせるようないかにも爽《さわ》やかなルビの使用法に驚くこともあります。ちょっとしたスパイスのように一首の歌をぐんと引き立ててくれるような使用法もあります。

ルビは「元来は五号活字の振仮名である七号活字が、英国の古活字『ルビー』とほぼ同じ大きさであることから名付けられた日本特有の文字」（『岩波現代短歌辞典』）ということになっています。振り仮名というと単にわき役という感じだけですが、ルビと呼ぶと、そこに少し修辞的なニュアンスを感じるのは、私だけでしょうか。

ゆふされば大根《だいこん》の葉《は》に降《ふ》る時雨《しぐれ》いたく寂《さび》しく降《ふ》りにけるかも　斎藤茂吉『あらたま』

この三朝《みあさ》あさなあさなをよそほひし睡蓮《すいれん》の花今朝《はなけさ》はひらかず　土屋文明『ふゆくさ』

茂吉の『あらたま』と文明の『ふゆくさ』は、どちらも総ルビの歌集であるという点でちょっと驚きます。『あらたま』は大正十年刊、『ふゆくさ』は大正十四年刊。そう言えば、石川啄木《いしかわたくぼく》の『一握の砂』『悲しい玩具』などもすべてルビのついた歌ですから、この当時の一種の流行だったのかもしれません。

『あらたま』の一首は、これほど何も言っていないのに、なぜこんなに印象が深いのかと、以前にとりあげたことがありましたが、ルビという点からもいろいろなことを考えさせます。この二首のなかで、普通に読んで読めない漢字、読みまちがえそうな漢字は、一字もないと言ってもいいでしょう。文明の「三朝」はちょっと読めないかもしれませんが、読めるか、読めないかには関係なく、一巻すべてにルビを振るという徹底ぶりです。現代からはちょっと奇異に見えるルビの用い方と言ってもいいでしょう。

さて、現代の歌をみていると、ルビの振られ方に一定の傾向があるように感じます。それは読めないのではなく、こう読んで欲しいとかなり無理に読みを指定するものです。たとえば「亡父」「亡母」などに「亡父《ちち》」「亡母《はは》」とルビを振っているのはもっともよく見かける例でしょう。短歌で固有の用法だと思われます。「夫」を「夫《つま》」と読ませるのもしょっちゅう出てきますが、短歌ではこれが少しも気にならないほどによく使われています。「つま」はもともとは配偶者の意味で、夫に対しても妻に対しても用いられていたのですが、現代では日常語としては「妻」に対してのみ用いいます。短歌では古来の用法が残っているというだけのことですが、短歌に不案内な人には奇異に見える用法かもしれません。これから派生して「亡夫」を「亡夫《つま》」と読ませている歌も多く見られます。

同じように多いものに「息子」「娘」をどちらも「こ」と読ませるものがあります。特に定型に収まらない場合に、無理に三音を一音に押し込もうとする場合が多いようですが、これには強く反対する歌人もいます。私は自分でもそのような使い方をしている歌がありますし、容認派ではありますが、「子」で十分にわかる場合に、念を押すように「息子《こ》」とルビ付きで用いたりするのにはあまり賛成はしません。どうしても「息子」としなければ意味が変わってしまう、しかも読者にはどちらにもとれてしまう、などという場合であれば、字余りを覚悟で「むすこ」と読ませればいいのです。安易にルビで音数を整えるということには気をつけたいものです。

挙げていけば、「生活《くらし》」「生活《たつき》」「現身《うつしみ》」「桜《はな》」など、短歌や俳句で頻繁に使われるルビの特徴がありそうです。「羞《やさ》し」なども、もともとは「痩せる」に由来し、「人の見る目に対して身も細る思いである」というところから「恥ずかしい」の意で用いられていた由緒正しい用法ではありますが、現代の日常会話ではまず用いられることはない、短詩型に特殊な用法と言ってもいいでしょう。

歌を作りはじめた頃、こういう短歌固有の読み方にはずいぶん苦労した覚えがあります。大学一年から二年の頃に歌を始めましたが、最初の一年間は、『広辞苑』に首っ引きでした。辞典を引かないとほとんど読めないというあり様で、一年で『広辞苑』がぼろぼろになってしまいました。ともあれ短歌や俳句に特殊な読みを、ルビに注意しながら探してみるのもおもしろいかもしれません。

星多くもらって生まれ来しゆえに偽瓢虫《てんとうむしだまし》などと呼ばるる　野口由梨

新聞歌壇から引きましたが、「偽瓢虫《てんとうむしだまし》」というルビの効果は抜群です。少し星の数が多いだけなのに、なぜ「天道虫」と対等ではなくて、「だまし」などと付けられるのかといった同情と悲憤をニュアンスとして感じます。こういう例は他にも多いですね。蓼《たで》に犬蓼《いぬたで》、アカシアにニセアカシア、などなど。

わが幼時、百葉箱《ふしぎなはこ》がひつそりと夕日を浴びて立つてゐました　高野公彦『地中銀河』

高野公彦は、不思議な言葉を採集してきて歌にはめ込むことのうまい作家ですが、ここでは何の変哲もない百葉箱に、「百葉箱《ふしぎなはこ》」とルビを振って、一挙に小学校時代に校庭で目にした百葉箱のなつかしさに読者を拉致してしまいます。小学一年生にとって、真新しい白に塗られた箱は、中に何が入っているのか不思議な存在でした。この場合は、「百葉箱」をそのまま読ませていたのでは、小学生の目にはなれず、下句「ひつそりと夕日を浴びて立つてゐました」の口語調のなつかしさには結びついて来ないのではないでしょうか。ルビが抜群の効果をもった例です。

湯どうふよ　わが身は酔つてはるかなる美女恋《びんちょう》し　なあ湯どうふよ　高野公彦『水行』

ほろ酔い気分の軽く、おもしろい歌ですが、ここで悲しいのが「美女」であったら、俗な歌にしかなりません。意味は美女と同じですが、『梁塵秘抄《りょうじんひしょう》』などにもその用例が見られる如く、「びんじょう」と言われるとどことなく郭《くるわ》的な響きと、酒の席という雰囲気が出て、結句「なあ湯どうふよ」にそこはかとなく哀切な響きも感じられる。

最上川逆白波《さかしらなみ》のたつまでにふぶくゆふべとなりにけるかも

斎藤茂吉『白き山』

『あらたま』では総ルビだった茂吉ですが、晩年の名歌集『白き山』の、このもっとも有名な一首では一語だけにルビが振られています。「逆白波」。これは茂吉の発明、造語ということになっています。弟子山口茂吉がはじめに「逆白波」という言い方を茂吉に伝授したのが本当らしいですが、すぐに茂吉が、この言葉は自分が歌にするから、君は使ってはいけないと言ったとか。いかにも茂吉にふさわしいエピソードであるという気がします。

これはルビがなければ読めない言葉でしょうが、これに「さかしらなみ」とルビが振られたことによって、歌の格調がぐんとあがった例ではないでしょうか。声に出して読んでみればよくわかりますが、第二句を読むのにかなりの時間を要するように感じます。この一語を除いた他の言葉はまことに何の変哲もない、すーっと通ってしまう語彙《ごい》であるだけに、いっそう一首の眼目たる「逆白波」とそのルビに注意が行くというわけです。ルビはまっとうに振られていながら、大きな効果を持っています。

青葉くらきその下かげのあはれさは「女囚携帯 乳児墓《ぢよしうけいたいにゆうじのはか》」　斎藤茂吉『暁紅』

「さかしらなみ」がまっとうであったとしたら、この結句「女囚携帯 乳児墓《ぢよしうけいたいにゆうじのはか》」は、誰に対しても違和感という点において際立った印象を残すでしょう。茂吉が品川区の東海寺に賀茂真淵の墓を詣で、その帰路に見つけた墓だと言う（『作歌四十年』）。女囚が連れていた乳児、その子が亡くなって、誰か篤志の人が墓を作ったのであろうと茂吉は書いています。「『女囚携帯乳児墓』といふ文句が簡潔で哀深いのでその墟取つて用ひた」（『作歌四十年』）と作者は書いていますが、おそらくその時、茂吉に兆したのは哀れだけではなかったのでしょう。言葉に敏感なこの歌人にとって、本来モノにのみ用いられるべき「携帯」という語が乳児に対して用いられている奇妙な違和感がこの歌のモチーフになったことは想像に難くありません。本来墓石にはなかったルビが振られることによって、その違和感がいっそう増幅されるように感じます。

発作的殺戮集団《ナチズム》の淋しき初心の風景を見せて少年ＡＤＯＬＦの写生画《スケッチ》　島田修三《しまだしゅうぞう》『離騒放吟集《りそうほうぎんしゅう》』

似非邸宅《マンション》の谷間にくぐもる胴間声ニッポンの男の声なりこの声　同

最後にルビに意識的な歌人、島田修三のアクロバティックなルビを紹介しておきましょう。一首目のアドルフはもちろんヒトラーのファーストネーム。この一首、意味的には「ナチズムの」と始まってもいいのですが、ナチズムに「発作的殺戮集団」と漢字を振ったことによってこの一首は成り立っています。ルビが本来漢字に振る〈振り仮名〉であったのに対して、ここではむしろ先にナチズムという語があって、それに「発作的云々」と漢字を当てた、すなわち〈振り漢字〉といった関係にあると言えるでしょう。ナチズムという主義を作者がどう捉《とら》えているか、その解釈を同時に示すことによって、歌に二重の意味の膨らみをもたせようとしたと言ってもいいかもしれません。

二首目も同様。マンションは日常生活で普通に用いられる言葉ですが、それに「似非邸宅」すなわち「似て非なる邸宅」という振り漢字をあてがうことによって、マンションに対する作者のシニカルな視線を感じることができます。これらはいずれも遊びが過ぎ、素人が真似て成功する確率の少ない用法ですが、漢字の読みを正確に示すという本来の役割から、もっとも大きく外れて、むしろ振り漢字との間のイメージの幅を楽しもうとするテクニックであると言えます。

ルビは多用すると煩しくなります。ルビなしで行くと宣言して憚《はばか》らない歌人もいます。無くもがなのルビによって興を削がれたり、一首の深みを味わうことができなくなる例も多く見られます。それらルビの弊害に充分注意したうえで、時にはルビの効果を測ってみることも作歌の幅を広げるという点では必要なことではあるでしょう。

第五章
作歌の上達は歌の〈読み〉から

ヒント34

歌人の仕事——歌を残すことの大切さ

歌の下手な歌人はいいが歌の読めぬ歌人は悪　と、言いて降壇

永田和宏『日和』

私にこんな歌があります。ちょっと戯《ざ》れ歌《うた》風で、お世辞にもいい歌とは言えませんが、私としては是非一度言っておきたかった本音でもあります。

歌人には歌のうまい歌人もあり、下手な歌人もある。それはそれでいいのです。下手な歌詠みと言えども、人に害毒を流すことはよほどのことがない限り、無い。

しかし、歌の読めない歌詠みほど困った存在はないと私はひそかに思ってきました。ひそかに思うだけでなく、このごろはあちこちの講演などの場で、はっきり言うことにしています。なぜなら歌がまったく読めていないひどい批評が、一首の歌を殺してきた現場をいやというほど見せられてきたからです。そんな批評がせっかく可能性をもった若い歌人を駄目にしてしまう事実もいやというほど知っているからです。得てして一目も二目も置かれている有力歌人、ボス的な歌人に、その手のひどい読みが多いということも正直に言っておきたい気がします。

それでは歌が読めるとはどういうことか、どういう読みがいい読みなのか、そもそもおまえは歌が読めているのか、と、たちどころに詰問されそうですが、今回はそこは話をしません。私の歌の読みは、これまでのこの欄での解釈鑑賞や、月々の選歌とその批評で感じていただく他はないのかもしれません。

ここで私が言っておきたいことは、ただひとつ、歌をきちんと読み、そしていい歌を繰り返し口の端に乗せて、次世代に伝えていくという、あまりにもあたりまえのことの重要さなのです。

――消費的に作られ、消費的に読まれ、量の坩堝《るつぼ》の中で評価の時期が過ぎるとたちまち次の新しいものを求める。こういう時代に名歌を残し、名歌集を残すのは容易なことではない。歌人は歌を作ると同時に残す役割も負っていることを忘れたくない。

馬場《ばば》あき子《こ》　平成十一年版「短歌年鑑」

私は馬場あき子さんのこの言葉を、近年の名言だと思って機会あるごとに言ってきました。大事なポイントは、いい歌を作るのも歌人の大事な役割だが、それを残していくのも、歌を作ると同じように大切な歌人の役割であるというところでしょう。これまでにこれほどはっきりと、歌を残すことが、歌を作るのと同じように、歌人の責任なのだと言いきった歌人はなかったように思います。

私たちは古典和歌というかけがえのない財産の中で作歌を続けていますが、今の時代の私たちが歌を残していかなければ、短歌は次の時代には間違いなく滅びてしまうでしょう。かつて私たちに歌を残してくれた先人と同じように、後世に現代の歌を残すという役割を、歌を作ることと同じ重要性において自覚しておきたい。そのためにこそ、いい歌を見分ける読みの力を養いたいと思うのです。

かつて私は〈結社〉というところは歌の作り方を教えるところではなく、歌の読みを教え、読みの力を鍛える場であると言ったことがあります。この数年なんども繰り返してきたことですが、自分の歌がうまくなりたいと思ったら、まず人の歌が読めるようになること、歌が読めない歌人で、自分の歌だけはいいという人は、小学生などの例外を除いて、まず無いと断言できます。

歌の読みを鍛えるために、結社というところにはどのような仕組みがあるか。それは「選歌」と「歌会」です。私は突き詰めれば短歌結社とは、選歌と歌会という二つの柱に集約できると思っています。そして大切なことは、歌会も選歌も、自分の歌を他人の目にさらす、あるいは他人の目を通すというシステムにほかならないのです。

「就中《なかんづく》、自作は善し悪し尤《もっと》も弁《わきま》へ難き事なり」と言ったのは藤原清輔《ふじわらのきよすけ》（『袋草紙』）でしたが、まことに言い得て妙という気がします。いつまでたっても自分の歌だけはわからない。そこで選歌という選者の目を通すシステムと、歌会という仲間の多くの目を通すシステムがあり、その中で「就中」わからない自分の歌の批評を聞く必要が出てくる。

歌会などで、思ってもいなかった自作の読みがなされ、それで一挙に歌が立ち上がった経験はないでしょうか。自分の歌がさまざまの読みをされること、その読みの現場を体験することは作歌の上達の第一歩だと私は思っています。

私の所属する歌会では、読みに正解はないということを暗黙の了解としています。必ずしも〈先生〉の読みが絶対ではない。みんながああでもない、こうでもないと意見をぶつける、そんな雰囲気の中でこそ、作者自身も思いもかけなかった素晴らしい読みに出会うことがあるのです。

いろんな読みがあるなかで、こう読めばこの一首は自分にもっとも深いところで呼応してくれるという読みがあれば、それが〈その人〉にとっての正解なのです。歌の読みの正解は、読み手の数だけあったっていい。

そして、歌会に出たら、その場の歌を覚えましょう。覚えて、いい歌は繰り返し、人に話しましょう。そのようにして何度も人の口の端にのぼることによってのみ、いい歌は次の世代に伝わっていくのです。いい歌は自然に残るなどという歯の浮くような言説を私は信じません。いい歌も、残そうという意志のないところでは残らないのです。

そして個人の問題として言えば、歌がうまくなるためにはいい歌と自分が思える歌を一首でも多く覚えることです。歌会などで誰かにあったら、その人の一首が口をついて出る、これこそが歌人の挨拶《あいさつ》であり、つきあいであるべきでしょう。先生などと言ってたてまつるより、その人の歌を一首でも二首でも口にすることができることのほうが、双方にとってどれだけうれしいことでしょうか。

ヒント35

配列の妙

現在ではあまりポピュラーではありませんが、連歌という、短歌とは切っても切れない詩の楽しみ方があります。平たく言えば、五七五を誰かが読めば、次の人が七七をつなぐという形で、どんどん続けていく形式です。

百韻《ひゃくいん》連歌などはさすがに少なくなったと思いますが、歌仙形式の連歌は一部ではまだ愛好家が多いようです。歌仙は三十六句をもって完結する連歌の一形式で、古い時代の三十六歌仙をもじって、「歌仙」と呼ばれるようになりました。連歌の付けの基本は、付かず離れずというところにあり、またどんどん行くだけで、後戻りをしてはならないことになっています。月や花の座など、細かい規則がありますが、短歌で言うところの上句下句に、それぞれどのような付け方をするか、あるいはどんな風に飛ぶかというところが興味深く、もっと積極的に友人たちと楽しみたい形式でもあります。

岡野弘彦《おかのひろひこ》、大岡信《おおおかまこと》、丸谷才一《まるやさいいち》の三人が長く続けている歌仙が『すばる歌仙』として単行本になりました。さすがに当代随一ともいうべき連衆だけあって、どれもおもしろい歌仙に仕上がっています。なにより歌仙を巻いたあとの、座談が軽妙、かつ蘊蓄《うんちく》に富み、絶妙におもしろい読み物になっています。

胃に障る玉蜀黍《タウモロコシ》を喰ひちらし　乙三
繊月仰ぎ孤独とおもふ　信
みみず鳴く如きがものよ週刊誌　玩亭
さはさりながら気にかかる裸婦　乙三
花陰に立たせてみたや昔びと　信
百篇の詩中ふらここ一つ　玩亭

「二度の雪の巻」という一連の初裏十二句のうちの一部です。乙三は岡野弘彦、信は大岡信、そして玩亭は丸谷才一。

乙三は、前の句にイメージされた夏目漱石を受けて「胃に障る」を出し、信は月の定座で、玉蜀黍のヤケ食いをするのは孤独な男だろうと繊月との取り合わせを諮《はか》る。玩亭はそれを滑稽で受けて、鳴くはずのないみみずに週刊誌を組み合わせ、乙三は、週刊誌から、「さはさりながら」気になる裸婦を出す、という具合に続いていきます。この続き方の妙、そしてどういう意図から次の句が出てきたかについてはとても短いスペースでは説明しきれませんが、この六句を見ただけでも、句と句の間に横たわる距離感の大切さという点だけは容易に納得されるでしょう。

句と句は付き過ぎてはいけないし、かといって離れ過ぎては歌仙の流れとしてはばらばらになってしまう。この六句だけを取りあげてみれば、乙三の「さはさりながら気にかかる裸婦」の付けと、さらに「花陰に立たせてみたや昔びと」から楊貴妃《ようきひ》を連想し、それでは芸がないと李白の詩篇に飛んで、その中の鞦韆《しゅうせん》（ふらここ）を持ち出した玩亭の飛躍を特におもしろいと思いました。待ったなしのリアルタイムの〈場〉の遊びであるだけに、連衆としての作者の個性がおのずからくっきりと現われてくるようで興味が尽きません。

最近、次のような一連を読んで、思わず大笑いをしてしまいました。

黄身と白身を分けて白身を泡立てる鳥の産みたる卵を人は
同世代の若きがめぐりに見当たらぬさびしさを思ふこれからの人の
「存在」は存り在るといふことにして言の葉の抽象化はそこまで
大根を探しにゆけば大根は夜の電柱に立てかけてあり

花山多佳子《はなやまたかこ》『木香薔薇《もっこうばら》』

これらは花山多佳子の歌集『木香薔薇』の歌です。最近読んだ歌集の中では出色の一冊と思います。これら連続した四首を含む六首で「鳥」という一連が構成されています。

さて、何が私をして大笑いさせたか。それはこれらの歌の配列の可笑《おか》しさでした。一首目は、鳥が産んだ卵を、白身と黄身に分けて泡立て、料理をしている。そんな人間の身勝手を詠んだもので、日常なんの気なしに行っている行為の向うの残酷さとでもいうものに気づかせてくれます。二首目は、人口減少を団塊の世代から見た歌と言えましょう。私たちの世代は、同世代が多すぎて何かにつけてワリを喰《く》っていたけれど、これからの人は、まわりに同世代がいないさびしさを味わうのだろうかと、これも深刻な内容をさらりと詠んで、どちらもとてもいい歌でしょう。三首目は解釈のむずかしい歌です。「存在」などと日常よく使っているけれど、言葉の原義は「存」も「在」もどちらも〈ある〉という意味であって、さて、うーん、言葉の抽象化などもそこにしておかないと、とまあ、そんな風にでもとっておきましょうか。分からないけれど、何かおもしろそうな歌です。

ここまでの三首は、日常ともすれば気づくこともなく通り過ぎているような事実に、どれもそれぞれに鋭い目を向けた作品が並んでいたわけですが、そこで、四首目。

作者は買い物をして帰ってきた。台所でポリ袋を開けてみると、買ったはずの大根がない！　どこかに落としてきたに違いない。大慌《おおあわ》てで、探しに戻ってみると、予想は見事的中！　大根がなんと電柱に立て掛けてあった、というのです。誰か親切な人がいて、道に落ちていた大根を私《わたくし》することなく、しかも目立つように電柱に立て掛けておいてくれたのでしょう。「夜の電柱に」だから、だいぶ時間が経っていたのかもしれません。

大根が電柱に立て掛けられていたという事実もおもしろいのですが、四首を一連として読むと、おそらく作者の意図を離れて、爆笑してしまうのではないでしょうか。それまでのかなり高踏な作品を読んできた読者は、一読肩透かしを喰ったような落差にア然とするかもしれない。最近読んだ歌集のなかで久しぶりにおおいに愉快な思いをしたものでした。

この例は、おそらく作者に深い企みがあったものではないでしょうが、歌の配列ということはとても大切な問題です。新聞などの投稿歌は別として、現代では多くの場合、歌は数首から十数首、時には何十首という単位で雑誌に載ることが多い。それら歌の配列によって、一首一首の歌が生きたり死んだりすることが多いということは、自分の歌についても、他の人の作品を読んでも、実感することが多いのではないでしょうか。

一首の歌の衝撃という経験は、ごくおおざっぱに言ってしまえば、一連の歌と関係がないように、ふと投げ出されたような歌に多いような気が私にはする。たとえば、

そこに出てゐるごはんをたべよといふこゑすゆふべの闇のふかき奥より　小池《こいけ》　光《ひかる》『草の庭』

この歌の奇妙なリアリティというか、投げ出したような説明の無さには、読者をわしづかみにするような迫力が満ちています。声の主は誰なのでしょう。いっさいの説明は歌のなかにはない。一首自体の内部だけではなく、前後の歌を読んでも、それらしい状況説明はまったく無いと言ってもいい。敢《あ》えて言えば、どうやら帰郷した折の歌らしいので、この声の主は、作者の母親であるのかもしれない。久しぶりに故郷を訪ねてみれば、そこには年老いた母親がいて、顔も見せず、奥の闇から、「そこに出てゐるごはんをたべよ」と声だけが聞こえたのでしょうか。しかし、これとて、そうかもしれないというだけで確信はまったくありません。

しかし、歌はそのくらいの中途半端さで投げ出されるほうが却《かえ》って印象が深くなるものでもある

ようです。前後の歌でがちがちに縛られているより、むしろ前後の歌からジャンプしたり、急降下したりした歌のほうが、インパクトが強い。読者の理解を助けようと親切に配列を考え、時間の経過に沿って並べたり、一首だけではわからない歌のために、〈地〉となる歌を挿入したりするよりは、不親切なまま投げ出された歌により強く読者は反応する。そんな皮肉な場合が多いように思われます。挽歌《ばんか》にしても旅行詠にしても、順番がきちんと踏んであると、却って印象は薄くなることが多い。

斎藤茂吉《さいとうもきち》の第一歌集『赤光《しゃっこう》』は、初版と改選という二つの版があることはよく知られています。初版『赤光』（なんと私はこの初版の第一刷を持っています！）の冒頭は、「悲報来」という一連。

ひた走るわが道《みち》暗ししんしんと堪《こら》へかねたるわが道くらし
ほのぼのとおのれ光りてながれたる蛍《ほたる》を殺すわが道くらし

斎藤茂吉

歌集『赤光』は、この一連の歌から始まります。初版『赤光』ではこの一連を読み始めた読者にはまったく説明はありません。冒頭の一首から、異常に緊迫した雰囲気が感じられ、その韻律も悲痛な響きを湛えていて、何かただ事ではない事情が汲《く》み取れますが、その〈事情〉は十首を読み終わって（歌集では四ページ分をめくって）はじめてわかる仕組みになっています。連作の最後に詞書《ことばがき》として説明があるのです。

「七月三十日信濃上諏訪に滞在し、一湯浴びて寝ようと湯壺に浸ってゐた時、左千夫先生死んだといふ電報を受取つた。予は直ちに高木なる島木赤彦宅へと走る。夜は十二時を過ぎてゐた。」という文章です。ここに到って、ようやく茂吉が、ただならぬ形相で夜道を駆けていた理由がわかる仕組みになっています。こらえかねて駆けに駆け、触れてくる蛍を片っ端から殺し、ようやく辿《たど》り着いた赤彦宅で、蚤《のみ》取り粉を貰《もら》って眠る。歌を辿っていけば、それだけしかわかりませんが、その緊迫し、悲痛な表情を見せていた作品が、最後の詞書に到って、はじめてその真相を見せる、たとえばそんな構成と言えるでしょうか。心憎いばかりの配列の妙と言えるでしょう。

それを茂吉自身が改選『赤光』では見事に変えてしまいました。初版『赤光』は逆年順の作品配列になっていて、時期的に歌集の最後に起こった伊藤左千夫の死が、当然のことながら冒頭に来ることになりました。もちろんこれ自身は茂吉の企んだことではなく、結果的にそうなったということですが、改選では、それを編年体に、それも順年としてすべて配列しなおしました。それだけではなく、「悲報来」の一連では、詞書を章題のすぐ横に配置し、読者はまず詞書から読むという形の配列になりました。

さあ、この改選は良かったのでしょうか、悪かったのでしょうか。茂吉自身は、毅然として自分の第一歌集は改選『赤光』であると、後年くりかえし宣言しています。ここでは詳しく検証する余裕はありませんが、私自身は、作品はいったん発表されたら、当然作者を離れた存在と思っているので、作者の言を絶対とはまったく思っていません。そして、どちらかといえば、やはり初版『赤光』を採りたいと思っています。いろいろな意味で荒削りで、その分迫力を持っていた初版の魅力を採りたいと思うのです。

歌はどんな場合でも一首で勝負しようとしては駄目なのです。圧倒的大多数の駄作のなかに、一首でも光る歌があれば歌人冥利に尽きると言うべきでしょう。どんな優れた歌人の歌集でも、一巻の中にいいと思える歌は一割はないでしょう。十首に一首などはとんでもない話で、読者が共感し、まるをつける歌は普通それよりはるかに少ない。歌集にするときに取捨選択した上でもそんな比率でしょう。失敗を恐れて無難な作を十首提出するよりは、失敗でもいいから、誰もわかってくれそうもなくてもいいから、思い切って思いの丈を述べた歌を百首出してしまう。秀歌として残っていく歌は、案外そんな思いきりの中から生まれるものであるように思われます。

ヒント36 歌会のすすめ

このシリーズのなかで、私はなんどか、作歌の上達のためには、ただがむしゃらに作っているだけでは駄目で、歌が読めるようにならなければいけないと言ってきました。「歌が読める」とは、他人の歌だけでなく、自分の歌が読めるということですが、自分の歌が読めないなどということはあり得ないと思ってはいないでしょうか。他人の歌はむずかしそうだが、自分の歌はなんと言ったって自分が作ったのだから、自分がいちばんわかっている、と。

実は自分の歌を読むということは、他人の歌を読めるということ以上にむずかしいものなのだと、私は思っています。私なども他人の歌はほぼ間違いなく読めるというある程度の自信はありますが、コト自分の歌のことになると途端に自信がなくなってしまいます。これは私に限らず、どの歌人にも多かれ少なかれ言えることで、余程の鈍感でもない限り、自分の歌は自分がいちばんよくわかるなどと豪語するような歌人はいないはずです。

結社という場は、一般には歌の作り方を学ぶところだと思われているのでしょう。歌の上達のために結社に入り、先生や先輩の手ほどきを受けて上達していく。あくまで自分の作歌の、謂《い》わばノウハウを会得するために結社に入会している。結社に入って作歌をしている人たちの多くの意識はそのようなものであるのかもしれません。しかし、私自身は、結社は歌の作り方を教えるところである以上に、歌の「読み」を教える場、訓練する場だと思っています。人の歌が読めなければ、自分の歌も他者の視線に立って読むことはできない。歌がうまくなろうと思うならば、まず人の作品を読めるようになる、歌の上達にはこれ以外の方法はないだろうと思っています。

それならお前の書いているものは何なのだと詰め寄られそうですが、私がこうしてえんえんと書いているのはあくまでヒントであって、作歌の指南書ではないのです。そしてある意味では、「作歌のヒント」はまた「読みのヒント」でもあると思っています。作歌は九九を覚えたり、方程式の解法を習ってできるような速習の可能なものではありません。

結社でできることは、どうしたら歌の読みを固定観念から解放して、自在にしてやれるか、そのお手伝いをすることにあるのだと思うのです。そのシステムとして、選歌というシステムと歌会という場を、結社は用意しています。

歌会といってもさまざまのタイプの歌会があります。小人数のものから、百人を越えるものだってあるでしょうし、一人の先生がすべてを順に批評していくというものから、集まっているみんなが意見を述べ合うものまで、千差万別と言えましょう。ここでは私たちが月に一度集まってやっている歌会を例にしてお話しましょう。私の知っている範囲では、ごく一般的な歌会のスタイルです。

まず人数。私たちのグループの歌会は普段は三十〜四十人程度が集まります。午後のだいたい四時間程度の時間ではこのくらいの人数が上限というところでしょうか。歌は一人一首をあらかじめ司会者のもとに送っておき、当日無記名でプリントが配られます。昔は、当日歌を司会者に渡し、司会者が読み上げるものをみんなが一首ずつ書き写していたものでした。ワープロもなく、コピー代も高かった時代のことです。もちろん美しい活字で歌が配られるのはいいことですし、第一、写すのに要する時間の節約にはなりますが、私は、一首ずつ書き写していた時代のその作業は、なかなか捨てがたいものがあるとも思っています。自分で書き写していくそのちょっとした時間が、歌とより昵懇《じっこん》になるための時間でもあったような気もします。これは若干ノスタルジーが入っているかもしれませんが。

次には、各自が歌の選をします。いわゆる高点歌を選ぶという作業であり、選者が選ぶのではなく、互選による高点歌です。何首か決めて投票し、得票が発表される。私たちの歌会は、選ぶのは選ぶのですが、選びの基準がちょっと変わっています。必ずしも「いい歌」として選ばなくともいいという約束になっています。この一首について何か発言したいという歌に投票するとしています。

以前は、いいと思う歌を選ぶという普通のスタイルをとっていたこともあったのですが、そうするとどうしても選ばれやすい歌、目立つ歌を提出する傾向が出てきたので、これはヤバイと思ったわけです。〈いい歌合戦〉になってしまって、歌会にのびやかさが失われていくという危惧を感じたので、みんなと諮《はか》り、発言したい歌ということにしました。

「発言したい歌」ということを言いましたが、これが歌会のもっとも大切なところではないでしょうか。みんなが発言する。ただ畏《かしこ》まって誰かの発言を傾聴するのではなく、誰もが同じ資格で自分の意見を言う。これがなければ、歌会をやる意味はありません。

歌会では、自分の歌がどう批評されるのかは当事者にとってはとても大切なことでしょう。しかし、自分の歌にしか興味がないようでは歌の上達は望めない。他人の歌を自分の歌と同じくらいの熱心さをもって考えたり、批評したりする、そんな歌への関わり方こそが、知らぬうちに歌の上達をもたらすのです。歌会では自分の歌はむしろどうでもよくて、他人の歌におもしろさを見つけることが喜びになる、そんな風に思えればシメタものです。歌会の本質に関わる大切な点だと思っています。

古い体質の歌会では、先生の発言を一言も聞き漏らすまいとし、またその片言隻句《へんげんせっく》を後生大事に覚え込むといった傾向を無しとしません。しかし、あえて言ってしまえば、先生の発言だけを聞きたいのなら、歌会は不要なのです。初心者もベテランもみんなが勝手にどんどん発言する、そしてみんながいろんな読みを提示する、そんな読みの多様性を実感することにこそ歌会の意味はあるのです。

一首の歌をめぐって、いろんな解釈が出る。自分と違った読みが出たり、誰もがあっというような批評や解釈が出る。一首の歌をめぐって、そんな多様な読みがなされていく過程で、歌はひとりでに立ち上がっていくことが多いものです。自分はこう思っていたのに、そんな見方もあったのかと知る、そのことが「読み」に奥行きを与えてくれます。もう少し極端なもの言いをすれば、一通りにしか読まれないような歌はおもしろみも魅力もないとさえ言い切っていいように思っています。実際、私は自分たちの歌会ではそう言っています。もちろんそれが文法的なあいまいさや、措辞の不完全さゆえの輻輳《ふくそう》した解釈ではおもしろくありません。事実や景はしっかりそこに見えるのだが、その事実なり、景なりから、読者がどのようなメッセージや感情やらを引き出してくるか、その対応の仕方の多様性こそが歌を読むというダイナミズムなのに違いありません。

その時、作者はそれではどういう位置にいればいいのでしょうか。せっかくいろんなおもしろい解釈や批評が出てきたのに、最後に作者が一言、「せっかくの皆さんのお言葉ですが、事実は実はこれこれこういうことで云々」とやったのでは、身も蓋《ふた》もありません。こういう場面を誰もが一度や二度は目にしているはずです。

歌会では作者もあくまで一人の読者として、自分の歌を読み直さなければ、歌会に出る意味はまったくありません。自分がこういう状況で、こんな思いで作った作品が、みんなにどのように読まれるのか、その読みの多様性に謙虚にならなければ、歌会はその人には単に褒められる以上の意味は持ち得ない。自分でも気のつかなかった自分のある一面が誰かの評言のなかに見えてくる、そんな未知の自分に出会えるせっかくの機会を、自分で摘んでしまっては意味がありません。作者が種明かしをして、歌の解釈を決めてしまう、これだけは禁じ手です。

もうひとつ、歌会では往々にして他人の歌を添削したがる〈ベテラン〉がいるものですが、これも困ったことです。生半可な先輩が勝手に添削してよくなる試しはないと言い切っていいかもしれない。百害あって一利なし、と思えるような場面になんども出くわしました。自分勝手に添削したしたり顔をするよりは、どんな風に詠まれる可能性があるかをより幅広く示したほうがはるかに有益だろうと私は思っています。安易な添削は私たちの歌会では禁止しています。

作者や批評者のこういう性向には、いまひとつの意味も潜んでいます。それは歌の解釈には必ず正解があり、いろんな解釈が出てくることに不快感を感じてしまうという性癖だと言ってもいいかもしれません。初心者は特に正解を示してもらわないと不安に思ってしまうようです。歌は、数学ではありません。白と見える景が、実は黒かったりしても、原理的には差し支えがないのです。ずいぶんいい加減なことを言っているようですが、ここで私が言えることは、いい解釈とは、その歌がいちばんおもしろく感じられる解釈である。それが解釈としては正解である、ということです。

読みの正解は、作者が握っているのでも、選者が握っているのでもありません。誰が出した解釈でも、それによってその歌がいちばんおもしろく立ち上がってくれれば、それがその歌の読みとしては大正解なのです。

もうひとつ、歌会は、それが「座の文学」としての短詩型の性格をもっともよく映し出す場だという点についても述べておかなければなりません。

今やインターネット歌会というものも隆盛で、実際に地方に居て歌会に参加できない方や、病気、老齢、育児などで歌会に出られない方たちにとっては、メールを通じて歌の批評を交わせる場は貴重なものと言えます。今後いっそう盛んになっていくことはまちがいないでしょう。そのことは認識した上で、なお、私は、いわゆる「ナマ歌会」に参加することを勧めたいという思いを禁じえません。

短詩型は「座の文学」とも呼ばれますが、この「座」にとっては、膝《ひざ》を突き合わすという距離がとても大切なのです。顔が見えること、批評のなかのちょっとしたニュアンスの翳《かげ》りや逡巡《しゅんじゅん》までを含めて「座」なのであり、「読み」なのだと言うこともできるでしょう。みんながてんでにしゃべっていくうちに、大したことないと思っていた歌がにわかにおもしろくなってゆく、などという体験をしてみれば、もう歌会は中毒のようにおもしろくてやめられないものになっていくはずです。

そして、知らぬ間に自分の歌もうまくなっていく、か、どうかはわかりませんが、その可能性は大きいと言えましょう。

ヒント37 歌集を読もう、歌を写そう

短歌界には多くの総合雑誌と呼ばれる月刊雑誌があります。「NHK短歌」もそうですし、その他にも「短歌」「短歌研究」「短歌現代」（現在は廃刊となって、後継誌「現代短歌」となっています）「短歌往来」「歌壇」といった雑誌が毎月発行されています。なかなかそれらをすべて書店で目にするということがないのが残念ですが、結社に拠らず、一人で歌を作り続ける場合、これらの月刊誌を購読するというのは現代短歌の状況を知るのに有用でしょう。

また初心者向けの多くの入門書が出版されています。私がほぼ四年間「NHK短歌」でこの欄を書かせていただいたのも、やはり基本的には初心者に向けたメッセージのつもりでもあります。それら入門書で学ぶというのも可能ですし、あるいはもっと手っ取り早く、カルチャーセンターなどの場で講師から作歌のノウハウやヒントを得るという方法もあるでしょう。

さまざまな「入門」の方法が考えられますが、もっとも大切なことは、自分で歌集を読むこと以

外にないと私は考えます。いくら先人が考えたり、悟ったりしたことを読んで聞いても、それで歌がうまくなるものではない。作歌とはそんなお手軽なものではありません。やはり、自分で汗水を垂らして何かを摑《つか》む以外にはないものなのだと思います。

若い人たちには特に、自分が創作をするのに、他人のものを読む必要などないと考える傾向があります。私たちも若い時には、おおむねそのように考えていました。自分の作物は自分で作る。自分の内部だけに目を向けて、そこから沸《わ》き上がってくるものが真のオリジナリティだ、と、まあそんな風に考えていました。しかし、言うまでもなくそれは傲慢《ごうまん》な考え方であり、オリジナリティとは、先人の残したものを自分の中に消化したのちにしか出てくるものではありません。まして、短歌のような短詩型においては、言わずに伝えるという超絶技巧が要求されます。どのように伝えるかという技術的な修練が必要になることは改めて言うまでもありません。先人の残した作品を読むことは、とりもなおさず自分の作歌の上達の必須条件であるとは、すでに何度も言ってきたところであります。

読み物として、歌集や句集ほど割高な出版物はないかもしれません。何と言っても一字あたりに換算すれば、そのコストは小説などと較べて比較にならない。だから、買うのはなんとなく損をするような気になるでしょうか。おまけに、出版部数が少ないこともあって、歌集などはたいてい一冊三千円ほどもして、うーんと考えてしまう。宣伝も少なくて、気がついたらもう売り切れで、再版も無いなどということも往々にして起こる。このように歌集を買うというのは、どうしても敬遠されがちになります。

しかし、私は、私の結社の会員には、歌集は自分で金を出してどんどん買うべきだと言っています。喫茶店で飲むコーヒー六杯分をがまんできるかどうかということでしょう。自分で金を出して買わないと、歌は身につかない。もちろんどんどん買っていたらきりがないので、「いい歌集は」という限定付きですが、それでは「いい歌集とは何か」と言われるとこれは答えるのがむずかしい。答えなどはありませんが、とりあえず自分が惚《ほ》れ込む作家の歌集をと言っておきましょう。惚れ込むまでには無駄があります。月々の雑誌などでこまめにいろんな歌人の作品を読み、お目当ての作家の歌集が出るのを心待ちにしているというのが誰もが何となくとっている方法であるのかもしれません。

いつだったか、出久根達郎《でくねたつろう》氏が、作家として立とうとする頃《ころ》、自分の文章修業として、近代の巨匠たちの文章を順々に筆写しようと決意したことをラジオで話していました。「あ」からはじめてすべて写すつもりだったのだそうですが、「い」まできて、井伏鱒二《いぶせますじ》に出会い、もうこれでいいと思ったのだそうです。

ここにはたぶん二つのことが語られている。まず第一は、自分にとって「これっ！」と思える作家に出会うためには、取り敢えずはなんらかの形で自分の足で歩き始めないと始まらないということ。出久根氏が「あ」から始めたのは、何の意味もないことではありましたが、それ以外に何らかの有効な方法があるとも思えない。取り敢えずは、そんな意味のない出発からでも、自分で探さなければ始まらないということです。

そしてもう一つは、自分で写すという作業の大切さ。小説の一字一句を写しとるという作業の大変さは想像を絶しますが、歌集の作品を一首一首写すということなら、私にも何度も経験があります。

学生時代に私が短歌を始めた時、「遅れてきた青年」たちにとっては、現代短歌でぜひ読んでおかなければならない歌集も、すでに絶版になっていて手に入らないものが多くありました。まして学生には歌集を買うだけの金の余裕もなかった。勢い、歌集を持っている先輩から借り出して、それを最初から一首一首写すということになります。背に腹は代えられずと始めた筆写でしたが、これがなかなかいいものだったとは、ずいぶん後になって気づいたことでした。

すでに何度も書いたことですが、山中智恵子《やまなかちえこ》さんの歌集『みずかありなむ』はそんな風にして出会った一冊でした。一九七〇年当時、学生紛争のまっただ中、毎晩徹夜してバリケードの中に焚火《たきび》などして過ごし、夜明けとともに始発電車で帰宅するという生活が続いていました。家に帰るとまず山中さんの歌集を一章ずつ写していくのです。

行きて負ふかなしみぞここ鳥髪《とりかみ》に雪降るさらば明日も降りなむ
さくらばな陽に泡立つを目守《まも》りゐるこの冥き遊星に人と生れて
山中智恵子『みずかありなむ』

山中さんの作品を一首一首写していく過程で、バリケードと焚火、そしてある時は乱闘などで埃《ほこり》まみれになった身体から、いっせいに埃が洗い流されていくというのを、誇張ではなくありありと実感したことでした。まるで就眠儀式のように、残り少なくなった歌の数を惜しむように写していたのを覚えています。そんな風にして、師であった高安国世《たかやすくによ》の初期歌集を写し、一時のめり込むように読み込んだ春日井建《かすがいけん》の『未青年』を写しました。特に春日井建にはぞっこん惚れ込んでしまい、その頃の私の作品には、春日井さんの模倣と影響が歴然としていました。なぜもっと早く彼に出会わなかったのだろう、出会っていたら、私の十代ももっと無頼でおもしろいものになったはずなのにと残念に思ったことでしたが、今から考えると、このようなある一人の歌人にのめり込む時期を持てたことは私にとって幸せなことだったと思うことができます。

自分の作歌を振り返ってみますと、誰かに惚れ込んで、のめり込み、そしてやがてそれにも飽きて（?）、そこから抜け出す、その時にあるジャンプというか、自分がある不連続な経過を辿《たど》ったことを実感することがあります。いろんな歌人をただ読んでいるのでは駄目で、のめり込むように読む、そして模倣に近くなるまで影響を受ける、そんな体験はとても大切ではないかと思うのです。

一人の歌人の凄《すご》さも偉さも、そして駄目さも、ただひとわたり外から眺めているだけではなかなかにわかるものではない。その人の懐に飛び込んで思いっきりその放射熱を浴びて来なければ、またその歌人からの脱却もできないものではないかと思います。

そしてそのようなのめり込み体験を可能にしてくれるものとして、歌集の筆写はとても有効で大切だと私は今でも思っています。一字一字辿るように写すことで、何よりその歌人の文体や、語法の癖に気がつくものです。目で読んでいるだけではわからない工夫や、ほとんど目立たない小さな発見に気づくこともあるでしょう。作者が言外に匂わせたかったかすかなニュアンスを感じるのも、そんな時かもしれません。写経のつもりでいいのです。ただただ写す、その作業の中で、作者のリズムと、歌を詠むときの息遣いのようなものを実感することもあるでしょう。

わからない歌も意味などにこだわらず、またわからないことを恐れず写すことが大切です。山中智恵子の『みずかありなむ』は今読んでもむずかしい歌が並んでいます。解釈や鑑賞をせよと言われれば逡巡する歌が多くありますが、それでも写す。その写す過程でたとえ意味がすべてわからなくともとてもいいと思えてくる。それが歌集の価値というものにちがいありません。

また、単純化が大切だと何度も言ってきましたが、書き写していると、なんだ、たったこれだけのことを言うのに三十一文字を使っているのかとばかばかしくなるような場合もあります。作歌の要諦として、単純化の大切さは耳にたこのできるほど聞かされてきたでしょうが、そんな気抜けのするような体験のなかでしか、単純化による歌の味わいの深さなどは実感できないものかもしれません。

もう一つ、名歌だけを選んで写していったのでは、その作家はわからないものです。アンソロジーを写すのではなく、歌集まるごとを写す必要を言うのはそこにあります。選ばれた代表作だけを写していると、なにやらその歌人ははるかな高みにあって、とても手の届かない存在に思えてくる。しかし、名歌、秀歌、代表作の横には、必ずと言ってもいいほど、駄作があるものです。駄作はどんな優れた歌人にもあります。駄作のない歌人は駄目だとさえ、私は思っています。駄作も平気で残せる、たとえば斎藤茂吉が凄いのは、そこにあるとさえ思っていますが、そのような秀歌と駄作をどちらも写していくことによって、歌人を地続きの存在として実感できる。これなら自分でもできるだろうと思うことが大事かもしれない。それは秀歌集を読んだり、写したりしていては決してできない、歌人のトータルを感受する方法なのでしょう。多くを読んだことを誇るより、一冊をどれだけ時間をかけて読んだかによって、その人にとっての歌集の価値も決まってくるものだと言ってもいいでしょう。

私の師の高安国世は、若い時、『万葉集』のすべての歌を筆で写したと言っておられました。高安氏の筆の字は、決して習った字の達筆さはありませんでしたが、自由にのびのびとしていて気持ちのいい字でした。『万葉集』を学ぶということの他に、字の自在さを獲得したという副産物もあったのでしょう。最近では、脳の訓練とか称して、古典文学を筆写するテキストがブームのように販売されていますが、あらかじめ決められた点線をなぞるのではなく、自分で歌集一冊を写したほうが、はるかに脳の訓練にはなるのではないかと、私などは思ってしまいます。

第六章 継続は力なり

ヒント38

継続的に歌を発表する場を確保すること

「継続は力なり」ということは何事につけ、よく聞かれる言葉です。いろはかるたの「い」は、江戸では「犬も歩けば棒にあたる」ですが、上方では「石の上にも三年」でした。冷たい石の上でも、三年も我慢すれば温かくなると、ひたすら忍耐を説いたことわざです。

短歌をはじめて、すぐにやめてしまう人が多いのは、ほんとうに残念な気がします。カルチャー教室でも、あるいは結社誌への入会でも、入るということ、始めるということは実に雑作もないことです。取りあえず会費なり入会金なりを納めてしまえば、会員になれる。会員などにはならず、新聞や雑誌の投稿欄への投稿だけで作歌を続けていくという人もあるでしょう。最近では、活字媒体に拠らず、ネット上に一方的に自分の作品を公開して、そこにアクセスしてくれる何人かの仲間だけが見てくれることで満足し、それ以上は望まないという若い歌人もいるようです。

どのような短歌への入門をするにしても、せめて三年は我慢して続けて欲しいというのが、長く歌をやってきた人間の切なる思いとしてあります。入門の仕方にさまざまなきっかけがあるように、やめていく理由も千差万別なのかもしれません。しかし、短歌の本当のおもしろさと、本当の怖さに触れる前にやめてしまう方の多いのは残念です。

短歌は短く、自分の暮らしの周辺だけを注意深く見ることでも、割合簡単にできてしまう手軽な詩型です。入りやすい詩形式ですが、一方で、短いがゆえのむずかしさが際立つ詩型であることも、少しでも歌を実際に作ったことのある人にはだれにも実感できるところでしょう。そんなおもしろさとむずかしさを本当に実感できるようになるには、ある時間が必要となります。その時間に耐えられるかどうか、それが分かれ目であるには違いないのですが、七年目の浮気ならぬ、三年目の挫折感をいかに乗り越えるか。これは三年を越えた人にも当てはまることではないでしょうか。

作歌の持続のためにまず必要なことは、発表の場の確保です。自分の日記にだけ書いて満足という方もいるかもしれませんが、それでは短歌を自己表現の手段として選択したことにはなりません。自己表現とはあくまで読者を前提にしているからです。投稿というのがまず手軽な選択でしょう。毎月の「ＮＨＫ短歌」に投稿されているのはその代表的な一例です。投稿には採られた採られなかったというある種ゲームのような感覚もあるのかもしれません。

私は投稿の意味を過小評価するものではありません。新聞、雑誌あるいはその他の短歌大会、それら多くの投稿・入選というプロセスは、一般の歌作りがもっとも手軽に実現できる表現手段、表現媒体であるからです。

しかし、これが残念なのは、一首単独の掲載であることが多い点です。短歌賞のように、三十首とか五十首とかまとまって応募するものもありますが、それらに作品が載るのはきわめて稀な場合でしょう。

結論から言えば、入り方としては一首を単位にした投稿もいいが、次のステップとしては歌を継続的に発表できる場を確保して欲しいということです。それとともに、自分の歌を継続的に読んでくれる仲間を確保して欲しいということです。この二つがとても大切なことだと私は思っています。

その手段の一つは結社誌への入会でしょう。結社誌のシステムについては詳述しませんが、結社誌に入会して歌を作るということは、毎月定期的に自分の歌を発表する場を得るということです。

さらに、結社誌に入って歌を出すことの大切な点は、当然のことながら、締め切りというものが自分の生活のなかに入ってくることでしょう。毎月、ある決められた日までに十首なら十首の歌を提出しなければならない。最初のうちはこれは煩わしいものであるかもしれません。しかし、それは別の見方をすれば、のんべんだらりとした生活の句読点ともなるはずです。

歌は、ただ好きなときだけに作っていたのでは、継続することは困難です。たとえ面倒でも窮屈に感じても、ひと月に一度は作った歌を送り出す、そんな拘束が生活のリズムに溶け込むようになると、やがて歌を作ることが生活の欠くことのできない要素ともなっていくものです。歌の継続のためには、そのような継続的な歌の発表の場を確保することがまず重要になって来るのです。

ヒント39

継続的に読んでくれる仲間を確保すること

短歌という詩型は、どうも一方的にメッセージを発信してそれで足れりというのではなく、本質的に応答、つまりなんらかの返信を期待する詩型のように思います。自分の作り出した世界がそれだけで完結するのではなく、読者の反応を待ってはじめて完結したように感じる。つまり日常的に感想を言ってくれる仲間をどこかで欲しているような気がします。

仲間を得ることの大切さはいくら強調してもしすぎることはないように思います。私は十九歳のときに結社誌に入会しました。それ以来、毎月のように出会ってきた先輩や仲間が多くいます。ある先輩などは女房と出会う以前からの仲間でもあります。ほぼ四十年にわたって私の作品を読んできてくれた仲間です。もちろん私も彼らの作品を読み続けてきたことになりますが、現実的に何かを助けてもらったということではなく、読み続けてくれている仲間を実感しながら、毎月歌を雑誌に発表する、そんなまことに小さな安心感が作歌を続けさせてくれていたと、この頃《ごろ》実感しています。

若いときには、作歌は自分ひとりでやるもので、結社などに群れることは文学をやるものとして邪道であるという議論が幅を利かせていました。しかし、歌はそれでは持続できないものなのです。それも何十年という長い時間をかけてひとつの詩型によって表現をなそうとするときには、（一部の人たちを例外として、と言っておかなければならないかもしれませんが）まず不可能だと思われます。

自分の作品に感想を言ってくれる仲間、批評や鑑賞をしてくれる仲間、雑誌の誌面上であろうと、歌会という場であろうと、一首の歌を介した相互作用の場を持つ、これが大切です。相互作用と言ったのは、それが一方的では力とならないからです。一方的に指導されたり、批評されたりしているのではなく、ある段階から自分が今度は批評したり、感想を述べたり、励ましたりする立場になる、そんなお互いがそれぞれに反応することが歌を介した表現の醍醐味《だいごみ》であり、歌の上達の必須条件でもあります。

このような人間関係はとても希薄なものです。同じ結社に所属して、何十年も歌を見てきていながら、作者本人についてはほとんど何も知らないという場合が圧倒的に多い。煩わしい人間関係を持ち込まないのが、結社運営の基本だと思っていますが、現実には会うことも少なく、知ることも少ない会員同士ではあっても、その人が今どんなことを感じているか、この頃どんなことに興味をもって、どんなことに悩んでいるらしいか、歌を通じて知ることは実に多い。多分、これは職場や町内会の付き合いでは決して得られないものであろうと思っています。歌には、日常の会話では口に出せない本音が必ず含まれてしまいます。そんな日常には意識さえもしないような本音と何年も付き合うのです。希薄な人間関係を基本としなければ、結社などに拠ることすら恥ずかしくて、できないものであるに違いありません。ともあれ四十年も私の歌に付き合ってきてくれた仲間は何ものにも替えがたい私の財産であると思わざるを得ません。

ヒント40

歌を作ることは「時間に錘《おもり》をつける」こと

さて、そんな持続、継続の上に歌を作り続けてきたとして、そのなかで私たちは何を喜びとして作歌生活を振り返ることができるでしょうか。さまざまの答えがあっていいはずですが、その答えの一つとして、私は自己の時間の記録ということをあげたいと思っています。このことを安易に言ってしまうと、短歌は単に日記なのかという議論になってしまうので、本当は用心して使わなければならない言葉ですが、危険を承知であえて言えば、自分の生きている瞬間瞬間をどう言葉によって記録してきたか。歌を残すということの喜びの（すべてとはもちろん言いませんが）かなりの部分はそこにあるのではないかと思えるようになりました。

若いときには、自分の一首を以って、短歌史を一変させてみせる、一挙に相対化してみせると意気込んでいました。それは今でもひそかに抱いておくべき野心であるでしょうが、もっと素直に、人生の最後に自分の歌を読み返すとき、ああ、歌を作っていてよかったと思いたい。それには、時々の自分の時間にだけは嘘をつかないで作歌を続けること以外には無いのではないだろうかというのが現在の私の率直な思いなのです。

歌という表現手段がなければ、ただうわっつらを滑っていった自分の生活に歌がメリハリをつけてくれる。そんな歌の意味を、かつて永田《ながた》紅《こう》（私の娘ですが）が、「時間に錘《おもり》をつける」と言ったことがありました。いい言葉だと思っていますが、歌一首を作れば、その時の時間に錘がついて、他の時間とは違った意味をもって、自らの人生時間に押し花のように刻み付けられる。

私は短歌という表現手段を持つことができたことをとても大切に、そしてひそかに誇りに思っています。この詩型に出会えたことで、人生は二倍楽しくなったと、掛け値なしに言うことができる。もしこうして自分を表現できる手段を持たなかったら、現実の生活と時間にもっと縛られていたと思うのですが、その〈現実〉という時間を相対化してくれるのが、短歌という詩型であったと思うのです。短歌があったからこそ出会えた人々を含めて、短歌を知らなかったら、どんなに貧しく薄っぺらな時間、そして人生しか持てなかっただろうと思うとぞっとしてしまいます。

もっと現実的な問題として、もしあなたがいま歌を作っておられるのなら、ぜひ自分のための歌集を作ることをお考えください。せっかく作った歌が、その人の時間に沿って読んでもらえるのが歌集という単位です。経済的な問題もあるでしょうが、車を一台買うくらいなら歌集を一冊残す。そのくらいの価値はあるだろうと思っています。

人間ひとりが六十年、七十年という気の遠くなるような時間を生きる。みんなそれぞれが違った時間を生きたはずなのに、それが残らないというのはいかにもさびしいことだと思います。表現手段をもともと持たず、関心も無いのだったら仕方がないかもしれない。しかし、いったん短歌という自己表現の手段を得、自分の時どきの時間を真っ正直に刻んできたのであれば、人生のもっとも大きな買い物として歌集をまとめることを考えてもいいかもしれない。自分で製本して、家族だけに残すものでもいいのです。その一冊は家族にとっては掛け替えのない一冊になるかもしれない。

私たちは、みんなそれぞれにけなげに一生懸命生きていると思うのです。そんな人生に、一冊の記録が残る。それは短歌史としては残らないかもしれないが、その一冊が意味を持つ何人かは必ずあるはずです。私の父は、自分史を一冊と句集を二冊作りましたが、その三冊は、私には掛け替えのない本として私の本棚に納まっています。親が残してくれて、ありがたいという思いなのです。

そして、いつかは歌集を一冊まとめたいという、そんな素朴な、そして一途な思いは、きっと歌の持続を支えてくれる大きな力になるのではないでしょうか。

第七章

日常のなかでこそ歌を！

ヒント41

贈答歌があってもいい

ある時、歌人の清水房雄《しみずふさお》さんにインタビューをしたことがありました。清水さんは現在、歌壇の最長老とも言うべきお歳で、大正四（一九一五）年生れですから、今年（二〇一五年）でちょうど百歳を迎えられることになります。土屋文明《つちやぶんめい》のお弟子さんで、文明も百歳まで生きましたから、師弟ともに並はずれて長生きということになります。

私たちの雑誌「塔」では、ぜひ会員に知っておいてもらいたいという歌人があれば、誌面にそれを反映すべく、結社外の方であってもインタビューに伺ったり、あるいはその歌人論や作品抄などを誌面で特集してきました。今まで、森岡貞香《もりおかさだか》さんや岡部桂一郎《おかべけいいちろう》さんも同じように特集させていただきました。

さて清水房雄さんのインタビューが終わって、その後の雑談をしていたときのことです（だいたい、あとの雑談というもののほうがおもしろい話がでることのほうが多いのですね）。ちょうど清水さんの自選歌集『如丘小吟』が出た直後だったので、その本を持って行っていました。そこで厚かましくも、清水さんにサインをお願いしました。清水さんは少年のようにくりくりと躍動感のある眼をちょっとこちらに向けて、快く応じて下さいました。しかも、「いいですよ。それじゃ、あなたに一首歌を書いてあげよう」とおっしゃったのです。エッと、驚きました。そんなことまでは、まったく期待していなかったのですから。
ほんの少しだけ考えて、すらすらと歌集の表紙裏に一首書いてくださいました。

理科系の人の短歌はおもしろと口癖にして今日も言ひたり　清水房雄

これには本当に驚いてしまった。サインをいただくだけでも恐縮しているのに、おまけに私のためだけに、一首の歌をその場で作ってくださるとは。それまでにも清水さんとは何度もお会いしたことがあり、そんなとき、「あなたの歌は理科系だから、とてもおもしろいですよ」と言っていただいていたのですが、その口吻そのままの歌だったのです。「理科系の人の短歌はおもしろ」といつも言ってきたけれど、また今日も言ってしまったなあ、というほどの意味です。インタビューのなかで私の歌にも触れていただいていたのです。歌としては歌集に載せるほどの歌ではないのかもしれませんが、その時の驚きは「歌が生きている！」、まさにそんな驚きでした。

この驚きには、二つの意味がありました。まず、作ってあげようと言って、すぐに言葉が歌になってしまうことの驚き。当然、作歌の長い修練の時間というものがあったに違いありませんが、それ以上に、清水さんのさり気ない歌の作り方は、生活のなかに、こそ歌があるのだということを如実にあらわしているものでありましょう。なるほど、このようにして長い時間、歌は清水さんの生活に寄り添うように生きてきたのだということをまざまざと感じたのでした。もっともプリミティブなところで、ものに感じたり、ものを思ったりすることが、即、歌という表現形式をもって現出してくる、そんな驚きだと言ってもいいでしょうか。

いま一つは、作るだけではなく、日常の人間関係の場で、人に歌を贈るということに対して、少しも羞《はず》かしさを感じていない態度でした。私たちは自分の歌を人に贈るという際に、どうしても羞かしいとか、気障っぽく見えはしないかとか、自分の歌を贈るなどおこがましくないかとか、あるいは相手が迷惑がるのではないかとか、さまざまの余計なことを考えて、それを躊躇してしまうのではないでしょうか。清水さんは、そんな余計な慮《おもんぱか》りなど微塵も感じさせないで、当然のごとく歌を作って書いて下さった。

私たちは、歌を作るとき、うまい歌を作ろうとか、人から褒められるような歌を作りたいとか、こんな歌は羞かしくて人に見せられないとか、どうしても歌の出来栄えをまず考え、それにあまりにも強く捉われてしまうということはないでしょうか。歌は文学的に価値がなければならないという観念に最初から強く縛られ過ぎている。

もちろん歌は文学ですから、ある意味の普遍性を持っている必要があるでしょうし、人からの評価に耐える作品であってほしいとは誰もが願うことでありましょう。それはそれでいいのです。しかし、歌のすべてがそのような文学的価値でのみ、その存在を測られるとしたら、それも窮屈で、息が詰まるような気がしないでしょうか。それ以上に、短歌という形式自体が貧しいものになりはしないでしょうか。

文学的価値の高い短歌作品のほかに、もっと身近に、かつ即時的になされる作歌というものもあっていい。私は強くそのように感じています。清水さんとお会いしたときの体験も、私のそんな思いに影響を及ぼしているのかもしれません。

このような日常の場における歌の活躍は、近代短歌の世界では普通のことであったように思われます。たとえば歌の贈答などというのは、何も祝婚歌だけに限らず、友人や同僚が、あるいは会員が遠くへ行ってしまうときとか、本を出版したときとか、歌を作って贈るということが当然のように行われていました。

ふみ行かむいばらの道とかなしみしをみなを今にしのびけるかな　斎藤茂吉《さいとうもきち》『白桃』

斎藤茂吉は、殊にそのような贈答歌の多い作家であったように思いますが、この一首は歌集『白桃』の歌です。これだけを読むとなんのことか意味がわかりませんが、実はこの一首の前には詞書がついています。

――「静」賛歌。昭和八年五月一日歌舞伎座に、佐佐木信綱博士作「静」が上演されたので、招かれて観に行つた。その日、佐佐木博士より歌を所望せられたので、次のごとき歌を色紙に書いた。五月三日

という一節がその詞書です。昭和八年五月、佐佐木信綱《ささきのぶつな》は初めての歌舞伎を作りました。歌舞伎の

題は「静」、静御前の物語であったのでしょう。歌舞伎座に招かれた茂吉は、そこで佐佐木信綱に挨拶をしたのでしょうか。喜んだ信綱は、茂吉に「歌を所望」したと言うのです。こんなとき、現代人なら「いやあ、とてもとても」などと言って断わるのでしょうが、茂吉はそれが当然とでも言うように歌を作ったというのです。その場で作ったのかどうかはわかりませんが、とにかく信綱に、その一期一会の場に居合わせたことを歌にして贈ったのです。それが先の歌。

静御前が「いばらの道」を辿ることになる、その一生を悲しみとともに、いま偲ぶのだと歌っています。僭越ながら申し上げれば、いかに茂吉の作だからと言って、これは歌としての〈出来〉は大したことはないでしょう。「いばらの道」なんて慣用句はもってのほか。「かなしみし」と「しのびけるかな」はいずれも心の内面を叙述するもので、一首のなかでそれらはバッティングしそうだ、などなど、いくらでも批判のできそうな歌です。茂吉だから歌集に収載したので、たぶん普通の歌人なら歌集に入れるのさえ躊躇するでしょう。

それでも私は、このような歌が作られて、実際に贈り、贈られしていたことを大切なことだと思うようになってきました。茂吉には、この一首が文学的価値の高いものだというような意識はさすがになかったでしょうし、信綱のほうもこんな素晴らしい歌を、とは思わなかったでしょう。ここでは文学的価値といった評価が大切なのではなく、その場で、その現場で作られて、それが人間関係のなかで一定の役割を持っていたということが大切なのです。歌人であるから、歌を求められれば悪びれることなく作る。あるいはそのような「晴れの場」に歌人を見いだしたならば、怖じることなく歌を所望する。これも現代ではかなり大きな抵抗感を持たざるをえない行動ではないでしょうか。

ともあれ、ここで信綱が歌を求めたこと、それに茂吉が応えたこと。そのような日常の場において、歌はある種の挨拶のような意味合いで作られていたのだろうと思います。残っているものはきわめて少なく、実際にははるかに多数の歌が作られ、そして忘れられていった。単なる消耗品としての歌であったと言ってもいいでしょう。

現代短歌の世界では、殊に、塚本邦雄《つかもとくにお》をはじめとする前衛短歌以降の歌壇では、歌には文学的価値、特に従来の短歌にはなかった新しさ、いわば「一歩の新」が求められ、右に述べたような消耗品的な歌を作ることなどは、論外のこととして排斥されてきた歴史があります。近代短歌の日常べったりの瑣末な生活報告詠ではなく、詩として昇華し、普遍的な価値を持ったものをこそ作るべきだという意識が高かったからだと言えましょう。

私などは、作歌のいっとう初めに、そのような前衛短歌の洗礼を受けたことになり、作歌とは、前の世代が到達できなかった新しい一歩を踏み出すことにこそ意味があると叩きこまれてきた世代にあたります。それはそれで現在でも真理と言うべく、大切な作歌の心構えのひとつではありますす。しかし、歌を始めて四十数年、歌を作るという行為を、もう少し自由に余裕をもって見ていたいと思うようになってきました。

私はもちろん先の茂吉や清水房雄のような歌ばかりを作れと言っているのではまったくありませ

ん。しかし、いつもいつも文学的価値にのみ作歌の基点を置くような作歌のあり方は、それもまた狭く窮屈で、かつ豊かさに欠けると思うのです。日常の場で、もっともっと駄作が作られてもいい。そんな駄作に込められた率直な思いが、人と人とをある場合には笑いに紛らわせて、ある場合には、真率な別れの悲しみの情として相手に伝わるという、そんなメディエイターとして歌があっても、それはそれで立派な歌のあり方ではないかと思うのです。

ヒント42 手紙歌だっておもしろい

明治三十（一八九七）年、正岡子規《まさおかしき》は、師と仰ぐ京都の天田愚庵《あまだぐあん》から柿の贈りものを受け取りました。柿の種類は釣鐘柿。十五、六個もあったでしょうか。一緒に、マツタケも入っていたはずです。

天田愚庵は破格におもしろい人だったようで、江戸時代の生まれ、磐城《いわき》の国の下級武士の出で、明治に入って戊辰《ぼしん》戦争に巻き込まれ、それから波乱万丈の生涯が始まります。東京に出て神田駿河台のニコライ神学校に入り、山岡鉄舟《やまおかてっしゅう》の門下に入ったり、子規の恩人陸羯南《くがかつなん》との交わり、はては清水次郎長の養子になったりもする。写真に凝って写真屋を開いたり、有栖川宮に仕えたり、最後は得度し、禅僧となりました。京都清水坂の三寧坂に寓居を構えて、それを愚庵と名づけ、自らも天田愚庵と名乗っていました。

愚庵のもとに滞在し、東京へ向かうという桂湖村《かつらこそん》に、愚庵は兼ねて知っていた子規に柿を託したのでした。湖村から柿を受け取った子規はすぐに返事を書いたのでしたが、それを投函するタイミングを失してしまったのです。よくあることで私などはとても耳が痛い。子規が、

御仏に供へあまりの柿十五
柿熟す愚庵に猿も弟子もなし
　釣鐘といふ柿の名もをかしく聞捨かたくて
つりかねの蔕《へた》のところが渋かりき

の俳句三句を礼状にしたためて投函したのが、柿が届いてから三週間後。それほど時期を失してはいないようにも思うのですが、間の悪いことに、ちょうどその日、心配した愚庵から湖村を通じて、一首の歌が届きました。その歌は、

まさおかはまさきくてあるかかきのみのあまきともいはずしぶきともいはず

というものでした。第二句「まさきくて（真幸くて）」が、初句「まさおかは（正岡は）」から自然に導き出されるように歌われているのが洒落ています。愚庵は決して返事のないのを詰《なじ》っているの

ではないでしょう。むしろ子規の体調を知っているからこその心配であり、そして軽いからかいの気分でもあったのでしょう。ともあれ、そんなちょっとした問い合わせも、こうして歌として送られてくると、「いや、参りました」とでもいう気分になるでしょうし、子規の困惑した顔が見えてきそうです。

現在なら、すぐに電話で謝ったり、メールで言い訳をしたりするところでしょうが、そこは明治時代、そして文人同士のやり取り。子規はすぐに、先の俳句を追いかけるように歌を書いて送ったのでした。

おろかちふ庵のあるしかあれにたひし柿のうまさのわすらえなくに
あまりうまさに文書くことそわすれつる心あるごとな思ひ吾師

これらを含む五首がその内容ですが、この二首などは殊におもしろい。「おろかちふ庵のあるし」とはもちろん天田愚庵。名前そのものを歌っています。漢字交じりに書きなおせば、「愚かちふ庵の主が吾に賜びし柿の旨さの忘らえなくに」となり、ずっとわかりやすくなるでしょう。二首目などは、「あまり旨さに」と歌っていますが、子規の言い訳の「あまり巧さに」、なんとも笑ってしまいそうです。下句だけを変えれば、物を貰ったときの返事の遅れの、いろんな場合に使えそうです。

これらはいずれも「挨拶歌」とか「手紙歌」とか呼ばれる類の歌です。こんな言葉があるということは、歌がそのような目的のために使われていたこともあったということを示しているのでしょう。しかし、現在は歌で挨拶を交わしたり、歌で用向きを伝えたりすることはまずないと言ってもいい。そんなまだるっこしいことはやってられないほどに、時間の齣送りが早いということなのでしょうか。

このような歌をどう捉えるか。雑誌や新聞に発表される歌がみんなこのような歌ばかりだったら、それはもちろんこの詩型の衰弱以外の何物でもありません。詩へ昇華させようという意志とそのためのアイドリングの時間の存在がまったく感じられない歌ばかりでは、現代歌壇が衰弱と言われても返す言葉がありません。

しかし、その点は前提としつつ、私は歌の芸術性、文学性を棚上げにして、このような日常の場で費消されてゆく一群の歌があってもいいと思っています。歌を文学的価値ばかりで測るのではなく、たとえば単純に特定の第三者を喜ばすためだけの歌なども、もっとどんどん作られていいように思うのです。それは豊かな人間関係の構築にとっても、プラスには働いても、マイナスに働くことはないでしょう。

どの歌もみんな批評に耐えるものだけを作るのが歌人でしょうか。どの歌もみんな批評に耐えないというのももちろん困ったものですが、批評には耐えないけれども、その場には大切なコミュニケーションのツールになる。そんな歌のあり方もあっていいのではないか。歌を狭く限定しないこと。私は、これがとても大切なことではないかと考えています。

斎藤茂吉は真に偉大な、近代以降最高の歌人だと私は思っていますが、いっぽうで茂吉歌集のなかに挟まれている、これまた膨大な数のどうでもいい歌の存在をおもしろく思うのです。茂吉の、どこか茫漠と人を喰ったような、歌の質の差のはなはだしく大きい歌集中の歌を読むにつけ、私は茂吉という歌人の懐の深さを思わずにはいられません。

平凡でも、表現が古くても、評判が悪くても、自分がいま作っている歌は、自分の全体のなかの「ワン・オブ・ゼム（one of them・多くあるうちの一つ）」だと思えること。そんな精神の余裕こそが、いっぽうで他に比類をみないような名歌を作りだすメカニズムなのではないでしょうか。

ヒント43 黒川能の一夜

私などは、歌を始めた当初から、前衛短歌の新しい息吹を全身に浴びながら作歌をしてきたようなものですから、歌の文学的価値というような側面をもっとも大切に考えてきました。それから、今のように、もっと自由に歌を遊ばせてやることも、その詩型そのもののために大切なのではないかと思えるようになるまでには、長い時間がかかったと思っています。

そんな私自身の歩みのなかでも、時おり、これまで述べてきたような、歌の自由な遊びの部分をおもしろく思った経験はいくつも思い出すことができます。そんなエピソードをひとつ。

二〇〇五年の二月。馬場《ばば》あき子《こ》さんに誘われて、黒川に能を観に行く機会がありました。黒川能は山形県鶴岡市の黒川にある、春日神社の王祇祭で演じられる能を指します。二月一日、深い雪のなかで行われ、村のお年寄のいる家のなかから上座、下座それぞれ二軒の家を当屋として開放して演じられます。夕刻の幼児による「大地踏」から始まり、文字通り夜を徹して演じられるのです。

馬場さんは長いあいだ毎年のようにこの能に通って来られましたが、その年馬場さんに同行したのは、佐佐木《ささき》幸綱《ゆきつな》、高野《たかの》公彦《きみひこ》と私。つまりその年は偶然朝日新聞の歌壇の選者が顔をそろえるということになりました。

私たち一行は、馬場あき子さんが毎年の黒川能のたびに宿としているお家に泊めていただくことになりました。そこは実は春日神社の宮司、難波《なんば》玉記《たまき》さんのお宅で、立派な座敷があり、何年か前には、このお宅でも能が演じられたのだそうです。二日目の夜だったでしょうか。夕食をたらふくいただき、酒も入り、とてもいい気分でいたところを、ご主人から、せっかく四人の選者がお集まりなのだから、ひとつそこの襖に歌を書いてもらえないかとの話が飛び出しました。

実はその前の年にも、私と馬場さんはお邪魔しており、その時は、とてもとてもと辞退したのですが、その夜は、なんと佐佐木幸綱さんがそれじゃあ書きましょうか、と引き受けてしまったのです。エッ、なんということだ。佐佐木さんが書けば、みんなも書かなければ済まなくなる。座敷を仕切っている大きな四枚の無地の襖。上等そうな襖で、とても私などが台無しにしてしまっていいものとは思われません。おまけにもうだいぶ酒も飲んでいるのに。

などと思っている間に、まず佐佐木さんがおもむろに書きはじめました。さすがに書き慣れているというのか、自信に満ちた筆遣い。馬場さんも去年は断わっていたのですが、それじゃあ仕様がないかというので、次にすばらしい字を書かれた。その夜、高野公彦さんは一足先に寝てしまっていたので、残るは私ひとり。えいままよっと、なんと私も大きな襖一面に歌を書くはめになってしまったのです。襖を寝かせ、脚や膝を置ける台を襖に渡しかけて、その上から書くのです。とにかく初めての経験ですから、字配りもなにもあったものじゃない。私の一首は、襖をはみだしそうに隅から隅まで字が躍っているという、なんとも凄い揮毫になってしまいました。

翌日、朝食時に起きだしてきた高野公彦さんは、残りの一面に素面《しらふ》で書くはめになりました。酔って書くのもひどい話ですが、素面で書くのもまた大変だったでしょう。おまけにみんなが横で見ている。それでも観念したのか、高野さんは私たちと同じように残り一枚の襖に一首をしたため始めました。歌は、次の一首。

くつくつと湯どうふ煮ゆる音きけば美女《びんぢよう》恋し　なあ湯どうふよ

私は、横でにやにやしながら高野さんの筆跡を見ておりました。高野さんが書き終わったとき、まっさきに私が気づいたのは、「〈つ〉がひとつ抜けている！」。なんということか、自分の歌なのに初句から間違っていたのです。「くつくつと」となるべきところが、「くつくと」になっているではありませんか。二日酔いが残っていたのでしょうか。

そのあとが高野公彦のすごいところで、少しもあわてず、その〈つ〉を吹き出しで横につけ加えたのです。うーん、さすがに大物だ！　襖に歌が書かれた例は数多いことでしょうが、吹き出しのある揮毫は、ここにしかない筈です。

この難波家の襖がその後どうなったのか。馬場さんによると、まだそのまま飾られているそうですが、高野公彦と固く約束しているのは、早く金持ちになり、もう一度黒川に行って、あれだけは買い戻して来ようということ。襖からこぼれてしまいそうな私の字と、吹き出しのある高野さんの歌。どちらもそのままにしておくには忍びないという訳です。

なんともつまらないエピソードを書いたようで汗顔の至りですが、実は、このエピソードはいつも楽しい話として、私たちのあいだでは繰りかえし話題になっています。難波家はきっと迷惑をしておられるでしょうが、そんな大胆なことをしたことで、その年の黒川能はいつまでも記憶のなかに鮮やかに残ることになりました。その襖があることで、難波家の人たちとは、いまでも強く繋がっている気がしますし、ただ泊めていただいたという以上の人間関係ができたようにも思っています。

歌は、作るときも、読むときも、そして思い出すときも、それが日常生活のなかでなされるとき、他ならぬ歌がいちばん幸せを感じているのではないでしょうか。雑誌や図書館の本のなか、歌集やアンソロジーのなかだけで読みなおされ、思い出されるのではなく、現場でいきいきとした思い出され方をすることほど、歌にとっての幸せはないと、私は強く思っています。「歌を本棚から解放しよう」と言い続けている所以《ゆえん》なのです。

第八章

短詩型における表現の本質

ヒント44

いちばん伝えたいことは言ってはいけない

私が好きな映画監督に是枝裕和《これえだひろかず》さんがいます。処女作として「幻の光」「ワンダフルライフ」などがありますが、実質的には映画「誰も知らない」で鮮烈なデビューを飾り、最近作「そして父になる」でカンヌ映画祭審査員賞を受賞するまで、常にその強い問題意識が話題を投げかけてきました。社会や政治に対しても、鋭い視点からの発言を続けており、そのぶれない姿勢は大きな信頼感を抱かせるのに十分です。

その是枝さんが「二分法の世界観」と題して朝日新聞のオピニオン欄でインタビューを受けています。ドキュメンタリー映画の監督でもありますが、ドキュメンタリーとは何かについて、興味深い発言をしていました（二〇一四年二月十五日）。

そのなかで詩人の谷川俊太郎《たにかわしゅんたろう》と同席したときの谷川さんの発言を紹介しています。

――あるイベントで詩人の谷川俊太郎さんとご一緒したのですが、『詩は自己表現ではない』と明確におっしゃっていました。詩とは、自分の内側にあるものを表現するのではなく、世界の側にある、世界の豊かさや人間の複雑さに出会った驚きを詩として記述するのだと。ああ、映像も一緒だなと。撮ること自体が発見であり、出会いです。詩やメッセージというものがもしあるのだとしたら、それは作り手の内部にではなく世界の側にある。それと出会う手段がドキュメンタリーです。ドキュメンタリーは、社会変革の前に自己変革があるべきで、どんなに崇高な志に支えられていたとしても、撮る前に結論が存在するものはドキュメンタリーではありません。

ここにはとても大切なことが語られています。そしてそれはまた、私が短歌という詩型における「伝える」ということの根幹として考えているところとそのまま重なってくるのです。

私は谷川俊太郎さんのように、「詩は自己表現ではない」とまで言い切る自信はありませんが、表現すべきものは、あらかじめ自己の内部にあるのではなく、「世界の側にある、世界の豊かさや人間の複雑さに出会った驚き」こそが、詩として表現されるのだという考え方には諸手をあげて賛成します。是枝裕和さんも、「撮る前に結論が存在するものはドキュメンタリーではありません」と言いきっています。二人が言っていることは、「自己表現とはあらかじめ自己の内部にあるものを表に出す」ものだという単純な見かたへの違和の表明でしょう。

初等中等教育の現場では、作文では常に起承転結を意識しつつ、結論を最後にはっきり述べなさいと教えられてきました。みんなにわかるように、自分が考えていることをはっきり述べて終る。それがいい文章なのだと繰りかえし教育を受けてきました。弁論大会などでも、その戦略を文字通りそのままなぞっています。それが詩の場にも無意識のうちに入ってくるとき、その意識は結句において際立つことになるでしょう。

本書において結句の問題にはすでに言及してきました（第二章）。「結句で落ちをつけない」という言い方をしたかと思いますが、結句はきわめてむずかしいものだと、いつも実感します。選歌をしていて結句が惜しいばかりに落とさざるを得ない歌がいかに多いか。なぜ結句で失敗をするかと言うと、くだくだ説明をしてしまうからです。

それをもう少し詩作意識の問題につなげて考えてみたいと思うのです。

河野裕子《かわのゆうこ》が生前に残した言葉に、「歌はドーナツだ」というのがあります。べつに歌が甘いとかおいしいとか言うことではなくて、ドーナツは真ん中が空いています。そこを言っているのです。つまり、歌では言いたいことを空洞にしておきなさいということです。これは彼女ともよく話したことですが、彼女流に言うとドーナツ、私流に言うと、寅さん風に「そいつを言っちゃあお終《しめ》えよ」ということになるでしょうか。二人で、「結句病」などという言葉を作って喜んでいました。

歌では、自分のいちばん言いたいことを敢えて言わない。それは単に技巧の問題を越えて、詩の本来の特質が、あるいは本質がそこにあるのだというのが私の考えです。

ヒント45
言わないための工夫

現代詩のような他の詩型、あるいは散文などは知らず、短歌という短詩型では、自分の言いたいことは、自分で言わず、相手に感じ取ってもらう、これこそがこの詩型の本質だと私は思っています。いちばん大切なところで、いちばんむずかしい呼吸なのです。

早寝して子はみづからの歳月を生き始めをり夜の霞草　高野公彦《たかのきみひこ》『天泣』

先にもあげた歌ですが、もう一度、振り返ってみましょう。この一首には「長女、就職」という短い詞書がついており、「子はみづからの歳月を生き始め」とは、就職をして、親の保護のもとから外れて生きていくことを指していることがわかります。これまで夜遅くまで一緒に話したり、はしゃいだりしていた娘が、明日の仕事のために「早寝」をしようとしている。初めて娘が独立して、己の生活の時間を刻みはじめた。それを父親の目が捉えたという一首でしょう。

そのとき、この結句は何なのでしょう。「夜の霞草」。この結句のもたらす情報量はかぎりなく零に近い。たまたまその夜のテーブルに霞草が飾ってあったということなのでしょうか。それならここは「夜のチューリップ」ではどうか。「夜のアネモネ」も悪くなさそうだ。そもそも花ではなくて、「卓の紅茶」だって候補となりそうです。歌会などに出すと、「この結句はまだ動く」などという独特の歌会用語で批判されかねない歌ではあります。

しかし、この一首はすばらしい一首です。第四句までは淡々と娘の新しい生活を述べていきます。初句でいったん切れますが、意味的にはそのまま下へ続いてゆき、それは第四句まで続く。ところが、結句になってまったく別のシーンが用意されます。ここに作者は不意に霞草を登場させた。まったく唐突という感じで霞草があらわれるので、オーッと読者の身体が前のめりに泳いでしまうのですね。これはさりげなく持ってきてはいますが、ほんとうに力業《ちからわざ》です。

もちろん霞草にそれなりの必然性を求めることも可能かもしれません。しかし、ここはそんな詮索をしたくない結句なのです。こういう理由でとか、たまたまテーブルにあったからそのまま写生したということではなく、なぜ霞草にジャンプしたか、作者自身にもわかっていない結句なのではないでしょうか。もちろんあの繊細で心細げな小さな花を、これから社会に出て行く娘の不安に重ねるなどという読みも可能でしょう。しかし、この霞草には理屈をつけないで、そっとそこに「虚の表現」として置いておきたい気がする。

作者には当然、社会に出て行こうとする娘への思いがあったことでしょう。自分たちから独立して、別の世界を歩みはじめようとしているといった感慨と寂しさもあったかもしれない。そんな場面では、いろんな感情が湧くものだし、そんなときにこそ親としての思いを言葉として歌に残しておきたいとは誰もが思うところでしょう。高野公彦にも、とうぜんそんな思いがあったはずなのです。言いたくてしようがない。しかし、高野はそれを敢えて言わない方法をとった。その時の気持ちを「言わない」ための工夫が、結句の「霞草」だったというのが、私の考えです。

作者は、この結句で敢えて自分の気持ちを言わなかったのです。その「言わなかった」ということを大切に読んでおこうという態度です。


何といふ顔してわれを見るものか私はここよ吊り橋ぢやない　　河野裕子『日付のある歌』

よく知られるようになった河野裕子の歌です。この歌には「病院横の路上を歩いていると、むこうより永田来る」という詞書がついています。河野に乳がんが見つかった日の歌で、私には辛い一首でもあります。診察を受けて、病院から出てくる河野と路上で出会ったときの歌ですが、私は担当の先生からあらかじめ電話で癌であることを告げられ、河野を心配させないよう、必死で平気な顔を繕っていたのでした。うまくやりおおせたと思っていたのに、すっかりお見通しだったことはのちにわかります。それがこの一首でした。どこか引きつったような表情をしていたのでしょうか、情けないことでした。（この一首の背景については、『歌に私は泣くだらう』（新潮社）という河野の闘病の十年に添った私のエッセイ集がありますので、お読みいただければ幸いです。）

この一首においても結句の飛躍があまりにも唐突なので、当の本人が（言われた私の意味ですが）唖然としてしまいます。「何といふ顔してわれを見るものか」と言葉をぶつけ、どこを見ているのよ、「私はここよ」、もっとしっかり見てよ、と言っている雰囲気なのですが、結句の「吊り橋ぢやない」がなんとも大きな飛躍です。「私はここよ吊り橋ぢやない」。スキーのジャンプにはK点という線がありますが、この結句はK点をはるかに越えた大ジャンプという気がします。しかし、なぜここで「吊り橋」なのか。

小池光《こいけひかる》はこの結句について「半ば無意識に咄嗟に口走る言の切れ味、おもしろさというものがある。資質といえば資質である。訓練、経験によって習得されない、むきだしの言語感覚だ。斎藤茂吉のエピソードの類を読むとこの咄嗟の言のあざやかさが至るところにある。河野裕子にもしきりにその気を感ずる。なぜか咄嗟に、わたしは吊り橋じゃないよう、と口走っているのだ。わが身を漏れた言にわが身が反応して一瞬で歌になる。ならざれば止まない。これも歌人の業である。うらやむべき業。」(「短歌」二〇〇九年九月号)と書いたことがあります。ここに言うごとく、「半ば無意識に咄嗟に口走る言の切れ味、おもしろさ」というものを感じ取りたい一首でしょう。

「私はここよしつかり見てよ」とでも言えば、そのときのある感じは伝わるかもしれません。しかし、そのときの河野は、そんな「明確に言ってしまえる」ほど整理された思いではなかったのでしょう。自分でもなぜだかわからないが、その胸に底からじわじわとせり上がってくる切羽詰まった激情を抑えつつ、それでも必死に夫である私の反応を見ていたのでしょうか。癌の宣告という初めての、そして決定的な危機に瀕して、必死に私の反応を伺い、私の感情との一体化を無意識に求めていたに違いありません。しかし、それは言葉にするには複雑すぎる。

この一首は、確かに結句の「吊り橋ぢやない」の大ジャンプのあざやかさで立ちあがった歌ではありますが、その「吊り橋ぢやない」もまた、高野公彦の「夜の霞草」と同じく、「言わないための表現」だったのではないかと私は思っています。そして結句で、作者が自分の感情を少しも説明も表白もしようとしなかったことによって、結句の「空白」はいっそう大きく、深く読者になだれ込んで行くようです。

ヒント46 読者との距離感

高野公彦の一首も、河野裕子の一首も、作者は結句での自分の感情の表白、表現を避けた。結句七音を、謂わば「虚の空間」としてそのままに懸垂しておいたのです。

〈表現〉というのはとうぜん自分の感情や思想などを、文学作品の場合には、言葉にして記述するものですが、そのような「表わすための表現」のほかに、「言わないための表現」もあるのではないか。そんなことを私は考えています。「虚の表現」などとこなれない言い方をしたのはそんな思いからなのです。

一首は、そして作者の思いは、「言われない」ことによって、いっそう深く読者のなかに沈みこんでゆく。言われなかった言葉、作者から発せられなかった言葉によって、読者はその「虚の空間」をなんとか埋めようとするでしょう。そのなんとか埋めようとする読者の側からの行為が、

「読む」ということなのです。

「読む」対象は、「言葉として表現されたコト」のほかに、「言葉として表現されなかったコト」もそこにはふくまれる筈なのです。敢えて作者が隠そうとしたことであるかもしれないし、そんな意識はないけれど、どうしても表現できなかったことかもしれない。作品には、どこかに必ずそのような〈不全性〉があるはずで、必ず作者がまだ言いおおせていないと感じている部分があるはずです。一首としては、はっきり言われた部分も大切だが、言われなかった部分も同様に、あるいはそれ以上に大切な要素なのです。

しかし、その「表現されなかったコト」には、勝手に自分の読みで言葉を埋めてしまってはいけない。ここが次に大切なポイントだろうと思います。つまり、勝手に自分で解釈して、そこに自分なりの言葉を埋めてしまうのではなく、作者が敢えて「虚の空間」とした〈空白〉の意味を、〈空白〉のままで読み取ろうとすること、それも大切な一首の読みであるはずです。

このような「言わないことで、伝えられるコト」というものがある。それに気づくのはかなり高度な読みの部類に入るだろうと私は思います。それを可能にするのは、ひとえに読者をどのように信頼するか以外のものではないだろうと私は思っています。

先に、歌では、自分がいちばん言いたいところは自分では言わず、読者に感じ取ってもらうと言いました。どこまでを言って、どこは言わずに口を噤むか。この呼吸の会得が作歌の上達においては最重要の課題であるように私には思われます。「作歌のヒント」はさまざまに示すことができますが、しかし本当の意味でのヒントは、この読者とのキャッチボールの〈距離感〉であろうと思うのです。

読者との距離感を会得するには、実際の場において実感する以外に方法はありません。そのために短歌では、「選歌」というシステムと「歌会」という場があるのです。

自分の歌を選者に見てもらう、あるいは投稿する。そこでは選者がどのくらい自分の思いを汲み取ってくれるかの見極めが大切になります。しかし残念ながら、投稿者は選者の実力をかなり過小評価しておられる。ここまで言わないと選者は自分の気持ちをきちんと汲み取ってくれないだろうと、余計な説明をつけすぎる。私の実感としては、歌がわからなくて落とす歌は、わかり過ぎて落とす歌の一割にも満たないと思います。これは断言していい。説明過剰なのです。

選者というのは、（一般論としてですが）読み手のなかでもっとも多くの歌を読んできている人間です。たいていのことは説明してもらわなくても、一首を読んだだけでわかってしまいます。そんなとき、選者の目として無意識に追いかけているのは、作者が自分でも気づいていなくて、その一首のなかにあたかも零記号のように含まれている「空白」の表現なのかもしれません。投稿の際には、第一読者としての選者をどこまで信頼できるか、その信頼感が、思いきった歌を作らせるのです。

高野、河野の二首は、あまりにも大胆な、いわば超絶技巧的な「零記号」の創出でしたが、いっぽうでどんな歌でも、それが読者に訴えかける契機を獲得するのは、この敢えて言われなかった

「空白」にこそあるのだと言っておきたいものです。

繰り返しになりますが、その「空白」を残しておいても、それが解釈不能ではなく、正しく読まれるというのは幻想です。しかし、短歌という短詩型は、そのような幻想を、読者への信頼として担保とすることによって実現する詩型でもあると私は思っています。まず何よりもこの読者への信頼を於いてはないと断言してもいい。

歌会という場は、歌を鍛える、歌人を鍛える場としては最高のものであろうと思います。たいていの歌会では、無記名で提出した歌を、みんなが批評する。点数を入れる場合も、入れない場合もあるでしょうが、大事なことは一人の選者が御託宣を与えるのではなく、その場の会員がみな同じ資格と立場で、歌に対する感想を述べ、批評を行う。作者は自分の歌が、この場のみんなによって、どのように解釈されるのか。自分の意見、感情がどのように間違いなく伝わるかを実例として見きわめるための場になります。もちろん自分の思いがあやまりなくみんなに伝わればうれしいに違いありませんが、伝わらなければ、どこに不備があるのかを知る場ともなるでしょう。歌会という場で、読者と作者との距離感を実測する、あるいはその呼吸を会得する。歌の上達には、そのような場に参加することが最善の方法であろうと、私は思っています。

ヒント47

作者だけの〈思い〉で歌を縛らない

たぶん多くの方は、私がここで述べてきた作者と読者という関係に、ある種の居心地の悪さを感じておられることと思います。どうも永田は、作者を軽んじすぎているのではないか。作者が言いたいことをもっと明確に言っておかなければ、作者の立場がないではないか。そもそも文学とは自己表現の形式であり、大事なのは、「作者が」どう感じ、何を考えたか、それを読者に伝えるための言葉であり、形式であるはずではないかというわけです。

そのような作者主体主義とでもいう考え方に対して、私はその重心の置き方を、ずっと読者の側にシフトさせて考えたいと思うものです。つまり作品は作者が作るものではなく、読者が作るものだ。実はそこまで思い切って言ってみたいという誘惑にさえかられそうなのです。

この作者と読者の関係については、いわゆる読者論という領域の問題であり、それを論じるには、もっと緻密な考察を必要とするでしょう。ここはその場ではないと思いますが、ひとつだけ実践的なポイントを指摘しておけば、自分の作品に自分で責任をとろうとしないこと、それに尽きます。

この一見、とてつもない逆説に聞こえる態度こそ、私はこと短歌という短詩型にとってはもっとも大切な作者と作品との関係の取り方であろうと思うのです。第二章でも紹介しましたが、もう一度この一首をあげてみましょう。

　するだろう　ぼくをすてたるものがたりマシュマロくちにほおばりながら　村木《むらき》道彦《みちひこ》『天唇《てんしん》』

　よく知られた村木道彦の一首、代表歌のひとつと言ってもいい歌でしょう。まず「するだろう」と歌い出される。何をするのか？　「ぼくをすてたるものがたり」をするのだと読めます。作者村木道彦が、どのような状況で、どのような理由で、どのように「ぼく」を棄てたのか。一首を読みはじめた読者は、たちどころにこのような問を抱え込んで、下へ読み進みます。深刻な言挙げだからです。

　ところが、一首は、そのような読者の疑問にはなにひとつ答えようとはしません。三つの疑問を置きざりにしたまま、作者がのうのうと口ずさむフレーズは「マシュマロくちにほおばりながら」。なんてふざけた下句だと憤慨しないでしょうか。「どのような状況で、どのような理由で、どのように『ぼく』を棄てたのか」と想定しつつ読んでいるのに、肝心の作者が「マシュマロくちにほおばりながら」なんて不真面目な姿勢を崩そうとはしない。これでは作者の責任をまっとうしていないではないか。そんな怒りが出来するのは当然でしょう。何しろ、作者は読者のそのような疑問にはいっさい応えていないし、応えようともしていない。

　しかし、この一首は魅力的です。何故でしょう。少しアンニュイな青年が、どうでもいいさといった表情で、自分が自分を棄てた物語を語ってあげようかと言っている。まじめにではなく、何かのついでといった態度で。この一首には、上句の「ぼくをすてたるものがたり」の意味内容に関する手掛かりはまったく与えられていません。読者が自分で読み取る以外ないものなのです。もちろんそれは、作者の「ものがたり」とは違ったものになるはずです。なにしろ何の手掛かりも与えられていないのですから。読者が自分の経験と知識を総動員して「幻想」する以外はない。それが作者自身の意図したものと一致していようがいまいが、関係はない。なにしろここには最初から正解というものが無化されているのですから。

読者は自分のコードで、この「ものがたり」を創出すればいいのです。いや、創出しないで読むというのが、私自身の読み方です。この一首では、「ものがたり」の内容そのものはどうでもいい。ただ、目の前の青年が、物憂そうに、「して欲しいのならしてやってもいいよ」といった態度で、マシュマロをほおばっている。そんなあり得るかもしれない情景にさえタッチできれば、この一首で作者の伝えようとしたことはほぼ達成されたのだろうと私は思います。「ものがたり」の内容としては意味的情報量がゼロではあっても、そんなことはどうでもいい。ただ、ここで私たちが共鳴できるのは、たしかに「ぼくをすてた」と言う青年がいて、そんなことなんて大したことでもなんでもないよと言っている彼自身の〈現在〉がこの一首にある。あとは、そんな景のなかから読者がどれだけのイメージを広げられるかという点にかかっているのでしょう。読者はひとりひとり、このイメージを膨らませ、この内容を読み換えようとする筈です。それは作者が自分のあるときの経験、その内容を明かし、読者がそれを共有するという行為より、はるかに大きな世界を約束しているのではないでしょうか。

作者は、読者に、一首を読むためのちょっとした手掛かりを与えるだけでいい。作者から内容を逐一指定されるより、ちょっとした手掛かりだけを与えられて、あとは読者自身の器量で読みこんでくれというのが、これらの歌のスタンスだと私は考えます。最後まで説明しないと読者は分かってくれない、納得してくれない、とは考えない。きっかけさえ与えておけば、一〇〇人いれば、一〇〇人の読者がそれぞれに違った思い入れをもって、歌を引き取ってくれるだろう。そんな態度が村木道彦の歌に感じられないでしょうか。作者一人の小さな経験をおしつけるより、それは宙に浮かせたまま、一〇〇人の読者のそれぞれの経験を引き出すことができれば、そのほうが何倍も豊かな世界の構築が可能になる。

逆説的に言えば、歌では作者の小さな世界観で歌を小さく縛ってしまうよりは、歌を不全性のなかに解放してやることにより、多くの読者が個別に自らの文脈のなかで再現したり、再生したりしてくれる、そのほうがはるかに大きな世界の獲得が可能になると思うのです。歌を作者だけの思いのなかに縛ってしまわずに、読者に開放してやること。短歌という詩型における作歌という行為の本質はそこにあるのではないかと、私は思っています。

永田和宏（ながた・かずひろ）

一九四七年、滋賀県生まれ。京都大学名誉教授。京都産業大学タンパク質動態研究所所長。「京大短歌会」で作歌を始め、高安国世に師事し「塔」会員となる。一九九二年より二〇一四年まで「塔」主宰。歌集に『メビウスの地平』『華氏』『風位』『夏・二〇一〇』ほか。迢空賞、若山牧水賞、読売文学賞、斎藤茂吉短歌文学賞、芸術選奨文部科学大臣賞、講談社エッセイ賞など受賞多数。二〇〇三年から二年間「NHK歌壇」の、二〇一三年から二年間「NHK短歌」の選者をつとめる。現在は「朝日歌壇」選者、宮中歌会始詠進歌選者である。

NHK短歌 新版 作歌のヒント

二〇一五年二月二十日　第一刷発行
二〇一九年十一月十日　第七刷発行

著者　永田和宏 ©2015 Kazuhiro Nagata
発行者　森永公紀
発行所　NHK出版
〒一五〇―八〇八一
東京都渋谷区宇田川町四一―一
電話　〇五七〇―〇〇二―一四三（編集）
〇五七〇―〇〇〇―三二一（注文）
ホームページ http://www.nhk-book.co.jp
振替　〇〇一一〇―一―四九七〇一
印刷　光邦・近代美術
製本　二葉製本
Printed in Japan　ISBN978-4-14-016233-0 C0092